Paul Gisi
Oleivo der Maler
Passagen aus einem Künstlerleben

Books on Demand

Bibliographische Information der Deutschen Nationalbibliothek. Die Deutsche Nationalbibliothek verzeichnet
diese Publikation in der deutschen Nationalbibliographie,
detaillierte bibliographische Daten sind im Internet über
http://dnb.dnb.de abrufbar.

© 2016 Autor: Paul Gisi
Umschlagbild Ludwig Weibel
Herstellung und Verlag:
BoD – Books on Demand, Norderstedt
ISBN 9783837008388

Paul Gisi

Oleivo der Maler

*Ich male mich in den Farben
der Welten des Tags, der Nacht.*

Oleivo

Nahe bei Ombos, der längst versunkenen altägyptischen Stadt mit der schwarzen Pyramide, muss, so ist in Archiven nachzulesen, die Stadt Oleivo gelegen haben, der renommierte Ägyptologe Dr. Abn el-Shar glaubt, dafür Spuren gefunden zu haben, was nicht nur die Wissenschaft, sondern auch die Mythologie gewaltig aufpolieren würde, was ein Glücksfall zu nennen wäre, doch ich muss vehement mitteilen, dass ich, Oleivo, nichts von dieser versunkenen altägyptischen Stadt Oleivo, nichts von dieser Mythologie kenne, dass ich, ein Kunstmaler, so heisse, alsofürsorglich stelle ich mich vor: ich heisse Oleivo und lebe leidenschaftlich in dieser unserer Gegenwart und möchte, schön gegen alle Regeln der Schreibkunst, sofern es das überhaupt gäbe, Teile von meinem Leben berichten, von meinen Reisen, von meinen Misserfolgen, von meinen Farbenberauschtheiten, meinen Delirien, meinen Beziehungen, meinen Beziehungslosigkeiten, diese Blätter sind kein Grundriss, keine Übersicht über mein Leben, ihnen liegen keine Konzeption, keine Pläne, keine Projektierungsabsichten zu Grunde, sie sammeln bloss kaleidoskopartig Fragmente, Ansichten, Teilsichten, *Passagen* von dem, was ich erlebte, was mir geschah, Begegnungen, auf die Chronologie wird nicht geachtet, was vor langer Zeit durch mein Leben stürmte, was vor langer Zeit mich aufwühlte, hat sich vielleicht beruhigt oder ist ganz vergessen gegangen, und das, was ich nicht oder wenig beachtete, schäumt mich heute auf, manchmal war das Eine das Viele und das Viele das Unverständliche; wenn ich mich an einen Leitfaden hielte (doch das ist bereits zuviel gesagt), könnte ich sagen, es ist die *Leidenschaft,* die in meinem ganzen Leben vorherrschte, teils als sehendes Auge im Sturm, in sich ruhend und

7

unberührbar, teils als der Sturm selbst, der mich mit sich fortriss, ich trete für keine Hypothese irgendeiner Denkrichtung ein, ich färbe meine FREIHEIT ein, einmal pastos, einmal aquarellhaft, dann wieder tachistisch oder impressionistisch, gerade so, wie es mir gefällt, und meine Erinnerungen, Vorstellungen, Einbildungen, Erlebnisse, Hoffnungen, Depressionen, bei denen es immer wieder gilt umzuschichten, neu zu formulieren, Abstriche zu machen, Ergänzungen vorzunehmen, anders zu fokussieren, frische Perspektivenstandpunkte zu finden, sind mit all meinen andern Lebens-farbkombinationen konvergent oder divergent, alles kann in Harmonie oder Disharmonie in Beziehung gesetzt werden, ich jongliere unbekümmert Gegenwarts- und Vergangenheitsformen, obwohl es im Grunde nur Leidenschaftsformen gibt, ich möchte meine Gedanken im Höhenflug der Begeisterung oder im Tiefflug ver-dämmernder Stunden notieren, ich nehme mir dieses Recht, von den Verzweiflungen und dem Himmelhoch-gejauchze in meinem Atelier zu reden, in einem Atelier, in dem die Kälte unbarmherzig vorherrscht, wo man sich die Gicht, dieses unartige Zipperlein, die Arthritis, das abendländische Rheuma, die Geschnäuzsucht, den ortho-doxen Husten, das dogmengefangene Kältezittern holt, Rettung gibt es keine, ausser der Cognac wärmt zuweilen die Ganglien in den Katakomben in den Labyrinthen der Nacht, liebe Leserin, liebe Leser meiner Holterdiepolter-aufzeichnungen, sei milde, sanft mit mir, wenn ich dir zuweilen zumute, dass ich die Welt, als ob ich wüsste, was die Welt sei, etwas auf den Kopf stelle, ich rabaukle, rabuzinzzle manchmal drauflos, manchmal wieder säusle ich wie die Seraphim, doch am liebsten mische ich meine Farben, sofern ich welche habe, denn ich muss gestehen,

8

die Armut ist bei mir derart fortgeschritten, dass ich es mir oft nicht leisten kann, Farbtuben zu kaufen, stellen Sie sich also entsetzt vor, was ein Maler ohne Farben ist, das ist schlimmer, als ob ein Politiker keine Waffen behufs Veredelung des Patriotismus hätte, nein, das ist nun wirklich die desolateste Unmöglichkeit aller denkbaren oder undenkbaren Perspektiven, ich will nun nicht über die Welt als solche räsonieren, das ist meine Sache nicht, ich muss leider rappeltrocken wiederholen, ich weiss nicht so genau, was die Welt ist, doch ich möchte nun endlich mit meinen Aufzeichnungen beginnen, die zwar auch von Welten reden, wenn auch von sehr individuellen, künstlerischen, saftigen und kargen, mitnichten von Hirngespinsten, Allotriagebäuden, assoziativen Alfanzereien, Liebeslusträuschen, ich weiss noch nicht, was ich schreiben werde, ich denke mir, dass das Denken eine Fata Morgana ist, nicht der Rede wert, das Denken ist immer der Balken im eigenen Auge, hohoo, wo habe ich das mit dem Balken schon mal irgendwo gelesen, ich weiss nicht mehr wo, das spielt auch keine Rolle, ich will auch nicht denken, da ich kein Denker bin, sondern Oleivo der Maler, ich zeichne auf, was ich male, als ob das möglich wäre, ich möchte, liebe Leserin, lieber Leser, pointillistisch von meinem Leben reden, von meinen Krümmungen und Zielgeraden, von meinen Aufschwüngen, meinen Abstürzen, meinen extremen Leidenschaften, und, ich kann das leider nicht ausschliessen, ich muss zuweilen von meinem feuerspeienden Überdruck schwärmen, ich, Oleivo, bin ein brodelndes Fass voller Leben, ich platze oft vor Wildheit, vor brutzelnder Überschäumungslust, ferner und nicht zuletzt (wenn auch nicht anfänglich) möchte ich ungeniert von meinen seelischen Wasser-und-Dampf-

Fontänen berichten, so als ob sie ein Weltereignis besonderer Güte, von exklusiver Wichtigkeit wären, o ich Narr, und immer und immer wieder schreibe ich von mir bekannten Menschen oder lasse sie selbst zu Wort kommen, die Amöbe kann die Sonne verdunkeln, der Strudelwurm das Klima verändern, es ist alles eine Frage der Zuordnungen, der Gewichtungen, der harmonischen oder disharmonischen Einfärbungen, ich denke mir, obwohl ich nicht viel aufs Denken halte, da steht uns noch vieles bevor, von dem wir in dieser Stunde keine Ahnung haben, ich wundere mich, bin entsetzt, wenn ich geld- und reputiergrandezzliche Zeitgenossen höre, die wie eine verbeulte Trompete Schmetterweisheiten von sich zu geben überzeugt sind von den Plattitüden der Stammtische, ich habe dafür nicht mal ein minimalstes Zucken des Mitleids übrig für diese Schmierfinken, auch wenn die Mummenschanzhonorationen der Oberflächlichkeit und der aufgeblähten Lügen gravitätisch mit hohlem Rücken umherstolzieren, doch ich will zuunterst wie zuoberst wie inmitten eigentlich nicht von der Welt an-sich, für-sich, anders-mit-sich und quer-gegen-sich reden, denn davon verstehe ich zu wenig, ich kraxle meine Aufzeichnungen in meinem Atelier hin, mit klammen Fingern, es ist fast fibrös kalt, ich habe wiederum einmal kein Geld für Farben, was mich in Verzweiflung stürzt, doch ich möchte um Himmels willen nicht untergehen, sapristi!, deshalb nehme ich Zuflucht, türme ins Schlupfloch des Schreibens, denn die Weltliberey zu vermehren ist ja auch nicht das Schlechteste, wenn auch nicht sattelfest sinnvoll, verdammtnochmals, allseitig denke ich mir (wiederum dieses verfluchte Denken), dass es besser ist zu malen als zu denken, als zu schreiben, doch wenn keine Farben da sind, muss ich dennoch etwas tun, also schreibe ich, dieses diabolische, basiliskenaugenglühende Dilemma hockt tief in mir, zerrt in mir, lässt mich vor Wut aufheulen, aufschäumen, aufbäumen, peitscht mich auf, grimassiert mich höhnisch an, ich meine nicht, dass die Welt ein Secret, ein Abort eines genusssüchtigen Gottes ist, doch ich bin, mit oder ohne Farben, entgegen der landläufigen Schrebergärtchenhorizonte desillusioniert geworden, habe so meine Vorbehalte gegenüber einer Schöpfung, die den Menschen als Krone anzusehen sich einbildet, derweilen das verartete Menschleyn kaum was anderes als morden und brandschatzen kann, herrgottschtärnechaibnochmals, ich habe nichts zu verbothschaften, ich kenne allerley Ängste, Zukunftshoffnungen, Gegenwartsschauder, ich kenne die ersäuften Vergangenheitszierlinge der Lüge, mir, Oleivo, macht man nichts vor, denn manchmal denke ich (das Denken macht mich noch rasend), es geht schlicht ums Abküssen, ums Abküssen eines Körpers, ich liebe die Gelust, die heutige schwindsüchtige Sprache sagt dünnluftig Lust, doch Gelust ist näher beim Wort Gemächt, was schlicht ein Penis, ein Hodensack, ein Zeugungsglied, ein Lustpropfen, einmalig in seiner vielseitigen Einsatzbereitschaft, ist, doch mir fehlen jetzt die Worte, um meine Aufzeichnungen weiter aufschichten zu können, mir fehlt es an allem, an farbigen Worten, an konkreten Farben, da frage ich mich bang, was ein Künstler in der heutigen Zeit sei, ein bleiernes Schweigen lähmt mich, und da ich mehr dümmlich als gescheit weiss, dass ich nichts weiss, lache ich, schenke mir Châteauneuf-du-Pape ein, rauche meine Bruyère-Pfeife, höre die Belcantooper „Anna Bolena" von Donizetti, oft sitze ich, Oleivo, mit meinem Freund Tim nachts, in der Stunde des Wolfs (und weit darüber hinaus) zuvorderst auf der Mole des kleinen Bodenseehafens von Staad, und was wir, Tim, der Musiker, und ich, der Maler, erleben, egal ob das Wetter hudelt oder samten uns umschleicht, darf gewiss, parbleu, als fantastisch bezeichnet werden, die Wasserwellen rutschen, flutschen und glucksen über die Steine, die der Mole vorgelagert sind, heute Nacht spricht Tim von der gefrässigen Sinfonie des Sees, was uns hemmungslos lachen macht, wir umarmen uns romantisch, und dann sehe ich mich als Maler auch genötigt, exquisit etwas zu sagen, doch mir will partout nichts einfallen, da sage ich schlicht, als ob ich ein Dichter wäre, sintemahl diese Nacht am See viele Gefühle aufschäumt, mich deucht diese Nacht aristoteleswelsmarmorgetüpfelt, da höre ich Tims aus der Nacht auftauchendes orgelhaftes Lachen, ich sehe seine Augen aufleuchten und wir beide lachen und lachen gemeinsam ohnmächtig toll, wie ein von Wolken zerrissenes Sternbild, wir prusten drauflos wie unzählige Karsthöhlenquellen, und als wir uns vor Heiterkeitslust ausgezappelt haben, senkt sich ein wie von einer Schotterterrasse herabpurzelndes Schweigen in uns, wir werden beide plötzlich, ohne zu wissen warum, farblos, klaglos, bildlos, lachlos stumm, und diese Stummheit, das spüren wir beide, ist beredter als alle Töne, Wörter, Farben, und Tim und ich sind uns näher denn je,

ich, Oleivo, verkaufte mein Fahrrad, damit ich Farbtuben kaufen konnte, ich wollte wie ein Geysir ein neues Bild malen, ich hatte zwar noch kein Thema, keine Vorstellung, was ich malen wollte, was mich aber nicht im Geringsten störte, beunruhigte, denn mit Themen und Vorstellungen kommt man beim Malen nicht weit, das wusste ich längst, also machte ich mich daran, filigran ein verwelkendes Amarantdunkelrot auf die Leinwand zu zaubern, was mir genüsslich gefiel, was mir Mut machte, schwungvoll ein heliotropes Blütengelb anzufügen, ich betrachtete andachtsvoll diese zwei dialogischen Farben, instrumentierte diese zwei Urfarben mit spatelförmigen, rosettigen, silberweissen Fäden, langsam kam ich in Fahrt, ha, dachte ich, keck drauflos gemalt, ich habe noch viele volle Farbtuben, ich will sie wie ein Hexenmeister mischen, ich hellte das Nesselquallenviolett mit Langustenzangenrot auf, hoho, ich kam vorwärts, als Oberstimme komponierte ich das immergrüne Blätterdach der Urwälder mit ihren ungezählten Vögeln hinzu, die Töne, die Schattierungen, die Grelligkeiten fanden sich, stiessen sich ab, Harmonien versanken in Disharmonien, Abstraktes durfte abstrakt bleiben, es wurde wie aus längst vergangenen, vergessenen Zeiten und Kulturen nicht entzifferbar, ich bepurpurte akzentuierend ein paar Aufschwünge, und, um nicht selig gesprochen zu werden, gab ich noch etwas Schwarzbartflugdrachentöne bei, und, da mir alles doch etwas zu sehr ins Amorphe zu stürzen drohte, entschloss ich mich, etwas zögerlich, Strukturen eines Faltengebirges in die Niederschlagsfronten meiner Farben, ein Halbmondgelb in alle Windrichtungen zu streuen, und siehe da, das Bild, allerseitig betrachtet, wurde langsam zum wirklichen Bild, doch dann bemerkte ich, intuitiv selbstheitverliebt, dass dem Ganzen, um eben ein Ganzes zu werden, das Tiefblau der Kopfigen Teufelskralle fehlte, was ich sofort behob, indem ich mich nicht scheute, dies dominant einzufügen, ich lehnte mich zurück, und sah, dass das Bild gut war, ich gab ihm den Titel „Anfang vor dem Weltuntergang", zündete meine molchfarbene Pfeife an, schenkte mir Châteauneuf-du-Pape ein und ging auf meine geliebte Hafenmole,

zu fünft – Moktir und Mektir, Elena, Iboya und ich, Oleivo – fuhren wir auf einem alten rachitischen Zweimaster den Orinoco hinunter, Vögel zogen ihre Notenlinien in den Himmel, Fische tanzten unter uns, die Besitzer dieses veralgten und knarrenden Segelschiffs hiessen Moktir und Mektir, braungebrannte Zwillinge, sportlich beide, geschäftstüchtig, mehr hartnäckig als einfühlsam, stolz, wortkarg, und da waren noch die vornehme, stets hüstelnde, reservierte Elena, die sich ungemein wichtig dünkte, obwohl sie keine prickelnden Reize ihr Eigen nennen durfte, da die Fülle ihres Leibs alles breitlastig überschwemmte, was früher vielleicht einmal hat anziehend gewesen sein können, und die kranichschlanke, flamingograzile, im leisesten Wind sich sanft wiegende Iboya mit der Fächertaubenfrisur, den ibisschnabelgeschwungenen Lippen und den arapongakullerrunden Augen, Iboya liebte es zu singen, ich erfuhr, dass sie Pianistin ist, das sie in allen grossen hauptstädtischen Konzerthallen der Welt aufgetreten ist, überall stürmische Ovationen entfesselte, denn niemand ausser sie vermochte es, die Kantilenen auf dem Flügel sternglitzernder zu spielen, bei Iboyas Adagio-Interpretationen hielt die Welt den Atem an, beim Fortissimo stauten sich die Ströme und flossen aufwärts hoch in die Berge hinauf, ihre Finger liebkosten die Tasten, blitzten auf sie hinunter, ihr Spiel war wetterwendisch, wechselte vom ausgelassensten Sturm zu alkyonischer Sphärenheiterkeit, ruhend in sich, bewegt in der Ruhe, fern aller Zeit, sich sammelnd zur nächsten Ekstase, Iboya sass dicht neben mir, Buckelrinderherden zogen am Ufer vorüber, das Wasser raunte als liebreizender alchemistischer Cantus firmus, ein Krokodil schwamm nach Hause, die Abenddämmerung senkte sich in samtenen Dolden hernieder, der Schrei des Schakals war hörbar, Moktir und Mektir zündeten Lampen an, Moktir schüttelte Marracas, venezolanische Rasseln, Mektir zupfte die Cuatro, die viersaitige Gitarre, das strömende Wasser klatschte von einem springenden Fisch auf, erste Sterne züngelten, Iboya sang wie ein Scharlachibis von vergangener Liebe, Elena zupfte nervös an ihrem Kleid herum, schminkte sich die verhärteten Lippen, ich öffnete mein Hemd, denn die Luft war wunderlich herzerwärmend, Moktir und Mektir klöpfelten fast gleichzeitig ihre Zigarettenkippen in den stoischen Orinoco, ich zündete meine Pfeife an, dachte an nichts, schaukelte einfach leicht mit dem Zweimaster und freute mich übers Nachtwindchen, das die Segel riffelte, es gab keine Zeit mehr, Iboya sass neben mir, ich spürte ihre Wärme, spürte ihren Atem, Elena zog sich in ihre Kajüte zurück, Moktir und Mektir tranken Whisky, Iboyas Stimme vereinigte sich mit den Geräuschen der Nacht auf dem Strom, ich legte meinen Arm um Iboyas Schultern, sie schmiegte sich an mich, ich fragte mich, ob dieses existenzielle Zueinanderaufschäumen mit Farben festgehalten werden könnte, vielleicht etwas chagallnah, doch ich spürte, dass ich versagen würde, ich hätte Dichter sein müssen, doch das war ich nicht, ich lachte

unhörbar in mich hinein, nahm Iboyas trillerleichte Hand
in die meine,

zuhause fand ich zwei Briefe von Simon, *premièrement:*
es gibt nichts Schöneres, als zu denken, als wäre noch
nicht gedacht worden, völlig frei und unbekümmert zu
denken, dachte ich, Simon, in der Hängematte leicht
schaukelnd, seehundgenüsslich die Pfeife rauchend, ein
pfiffiges Weissweinchen trinkend, die bauchigen Wolken
am Abendhimmel betrachtend, zu denken, dass vor
langer Zeit unsere Vorfahren Fische waren, Nilhechte
vielleicht oder Maskendornaugen oder Fächerfische aus
dem Eozän, der Stammbaum des Menschen ist viel weit-
verzweigter, als wie sich das Grosstanten, Urgrossmütter
und Nebenonkels vorstellen, dachte ich, Simon, in der
Hängematte leicht schaukelnd, zu denken, dachte ich,
Pfeife rauchend und mir selbst ein Weissweinchen
kredenzend, dass Fantasien Wirklichkeiten seien, Wirklichkeiten (ich sagte gerne Würckelichkeyten) auf einer
andern Ebene respektive in einer andern Tiefe, in einer
Perspektive, deren Ausgangs- und Richtpunkt leicht
ausserhalb der bekannten, festgefahrenen Ansätze der
Wahrnehmungen liegen, in Weltentstehungsansichten,
Weltentstehungsmöglichkeiten, die wohl ein bisschen
ungewohnt sein mögen, nichtsdestotrotz aber fabelhaft
taugen, die Welt neu zu sehen, eine Welt, die keine Kau-
salitäten braucht, wo alle Prinzipien und Gesetze Vogel-
scheuchen sind, dachte ich in der Hängematte, über das
nachzudenken, was andere Denker dachten und herzhaft
darüber zu lachen, denn das Denken ist nichts Festes,
Einfürallemalgesichertes, nichts Zugefrorenes, keine

erkaltete Lava, das Denken ist ein Klang, ein Windhauch, ein Seufzen eines Birkenblatts, ein unterirdisches Strömen, dachte ich, wer denkt, gibt keine Antworten, wer denkt, stellt Fragen, der befasst sich mit den Täuschungen hinter den Täuschungen, Denken ist eine grosse Sache, die nichts ausser alles verlangt, den Einsatz des fordernden Anfangs, eine unbefangene Sichtweise, ich, Simon, schaukelte leicht in der Hängematte, fröhlich meine Pfeife rauchend, ernsthaft mein Weissweinchen trinkend, und dachte, gut, dass die Nacht kommt, denn in der Nacht verschieben sich die Grenzen, ich schaute zum Himmel auf und sah einen ersten Stern und fragte mich, wer dort oben in der Hängematte liegt, leicht schaukelnd, eine Pfeife raucht, ein Weissweinchen trinkt und neue Fragen stellt,

deuxièmement: wirklich, es gibt nichts Tolleres als zu denken, vielhunderte Assoziationen zu einem fantastischen Bild zu gestalten, Kombinationen zu erfinden, sich eine eigene Würckelichkeyt zu bauen, dachte ich, Simon, immer noch in der Hängematte leicht schaukelnd, eine alte Pfeife rauchend, ein ernstes Weissweinchen trinkend, von den Sternen kommen keine Antworten, keine Fragen, also wende ich mich wieder der Erde zu, die jetzt singend und glitzernd rund um mich in die Nacht versinkt, ein satyrverspieltes Windchen beginnt zu tanzen, das Leben ist ein Fest, dachte ich, verschmitzt über alles nachdenkend, die ganze Erde ist vielleicht nichts anderes als eine grosse Hängematte, aufgespannt zwischen den Fusszehen Gottes und einer Spiralgalaxie, ich schenkte mir noch etwas Wein nach, stopfte meine Pfeife neu, schaukelte im tänzelnden Nachtwindchen leicht hin und her in meiner kleinen Hängematte, dachte, zum Glück muss ich nicht systematisch nachdenken, das Schicksal ist ja auch gehupft wie gesprungen, nur die Seifenblasen glauben an ihre Wichtigkeit, vielleicht ist das Jenseits nur eine Illusion, da halte ich mich lieber ans Diesseits, an all die Wunder rings um mich her, wie fantastisch sind doch die Blattflöhe, wie abenteuerlich die Wanderameisen, faszinierend die Tannzapfenechsen, fassungslos entzückend der Blaue Antennenschilderwels, die unvergleichliche Partitur der ganzen Schöpfung, die Noten der Hausmilben, Kiemenegel, Teufelsdrachen, Unbeschuppten Schleimfische, Klippenbarsche und Buschwürger, das Leben ist eine leidenschaftliche Sinfonie, dachte ich, Simon, in der Hängematte leicht schaukelnd, da macht der Mensch keine gute Falle, er ist vielleicht höchstens ein Pausenzeichen, denn das bisschen Geist, das er hat, ist kaum der Rede wert, auch wenn er von Ursachen fabuliert, von Zusammenhängen rabuzinzzelt, als ob alles seinen Urgrund hätte oder ein Ziel, dachte ich, Simon, jetzt in dieser Nacht, da das Windchen tanzt,

nun rede ich, Oleivo, von meinem Lehrer: der alte Mann war müde, er kam von einer Vernissage zurück, von seiner eigenen, er war Maler, es war ununterscheidbar wie immer gewesen, wie bei seinen letzten Vernissagen in Schlenzhausen, Mühlauen, Knollen, Chrampflingen, nur wenige Leute kamen, eine Laudatio wurde von irgendeinem leicht bedepperten Kulturvereinsbeamten heruntergeschloddert, die Leute tranken Wein und bissen auf Cracker, mutvoll, modisch und selbstbewusst, von seiner Malerei verstanden die Vernissagebesucher nichts, sie wollten stets nur von sich selbst tratschen und andere Menschen durchhecheln, der alte Maler näherte sich in seinen Bildern einem abstrakten fantastischen Realismus, was aber all die blöd herumstehenden dummen Schwätzer und Gaffer nicht kapierten, seit langer, langer Zeit verlegte der alte Maler seine Konzentration darauf, Pfeifenfilterschächtelchen zu sammeln, der alte Maler war ein leidenschaftlicher Pfeifenraucher und wurde ein Pfeifenfilterschächtelchensammler, und seit Jahren reute es ihn, die leeren Pfeifenfilterschächtelchen fortzuwerfen, da sagte er sich eines schönen Nachts, ich kann dies ändern, also werde ich es ändern, und fortan legte er jedes leere Pfeifenfilterschächtelchen auf ein Bücherbrett seiner grossen Bibliothek, zu Füssen von André Gides Gesamtwerk, mit der Zeit hatte es dort keinen Platz mehr und der alte Maler legte seine leeren Pfeifenfilterschächtelchen zu Füssen von Henry Millers Gesamtwerk, dann zu Füssen von Jean Cocteau, Anaïs Nin, Simone de Beauvoir, Edgar Allen Poe, Vladimir Nabokov, mit der Zeit verschwand seine ganze Bibliothek hinter seinen leeren Pfeifenfilterschächtelchen, bei seiner nächsten Vernissage stellte der alte Maler nichts als seine unzählig vielen leeren Pfeifenfilterschächtelchen aus, und siehe da, die Kunstwelt war entzückt, der bedepperte Kulturvereinsbeambte, der eine Rede halten sollte, war sprachlos vor Glück, die Vernissagebesucher waren verrückt vor Begeisterung, sie konnten sich nicht sattsehen, vergassen für ein paar Minuten zu tratschen und zu ratschen und auf die Cracker zu beissen, sie betrachteten fasziniert die leeren Pfeifenfilterschächtelchen, die Ausstellung musste verlängert werden, weltweit strömten Menschen herbei, die leeren Pfeifenfilterschächtelchen zu bewundern, vergnügt zündete der alte Maler eine Pfeife an, das leere Pfeifenfilterschächtelchen warf er in den Papierkorb,

ich, Oleivo, las im Tagebuch der Opernsängerin Francesca Pertusi: jahrzehntelang wurde ich auf allen grossen Opernbühnen der Welt gefeiert, mein Sopran riss alle Menschen bis zu Tränen hin – als Lucia di Lammermoor, als Medea, Aida, Lady Macbeth, Alzira, Elvira, Giulia, Agnese, Olympia, Imelda, Saffo, Maria Tudor, Maria Stuarda, Elisabetta, Anna Bolena, Zelmira, Violetta, Zayda, Paolina, Armida, Linda, Lucrecia Borgia, Arnelia, Abigaille, Obabella, Elena – ach, ich habe alle grossen lyrischen und dramatischen italienischen Sopranrollen gesungen, ich wusste, meine Stimme war mit keiner andern zu vergleichen, sie verzauberte Hunderttausende von Menschen – Liebe und Leidenschaften in all ihren Ekstasen und Verruchtheiten, sie flogen im Gesang in den Himmel auf ... jetzt lebe ich, alt geworden, von der Weltpresse völlig vergessen, einsam und arm in einer kleinen Wohnung im achten Arrondissement in Paris, die Tage, in denen ich frenetisch gefeiert wurde, sind längst vergangen, ich frage mich, was soll all der eitle Tand, der Krempel der Menschen?, anstatt dem Gesang einer Lerche zu lauschen tüfteln die Menschen rachetrunken an Raketenabwehrschirmsystemen, anstatt sich am Zirpen der Grillen zu freuen lassen sie sich von banalen fabrikhallenhämmernden Bässen schier zu Tode schlagen, zudem berauschen sich die Menschen an dümmsten Medienschlagzeilen, anstatt ein Gedicht von

Georg Trakl zu lesen, die Menschen glauben den Politikern mehr als dem tibetischen Regenbogen-Thangka, lächerliche Schlagertexte gelten mehr als Theokrits Idyllen, und was heute in diesen idiotischen Castingshows sensationsgeil als Jekami-Geschrei modehysterisch angeboten wird, spottet jedem Gesang …, es wird heute so viel gesungen – für mich eher ein Röcheln und Grölen: ich halte das nicht mehr aus!, o wie schön war alles in den ersten Schöpfungstagen, alles war schön im grossen Gesang der menschlichen Leidenschaft, des Seins – die Schöpfung ist Belcanto,

es war wirklich eine besondere Nacht, als ich, Oleivo, mich umschaute, sah ich einen Pegasus vorbeischwirbeln, hörte Luftgeister raunen, und ein feuerspeiender Löwe mit einem glitzernden Fischleib rumpelte an meiner Haustür, in meiner Badewanne tanzte eine Schirmqualle mit Andromeda, eine Wassernixe sang eine Liebesarie, ich fühlte mich äusserst wohl, vor dem Fenster lachten Greife, ein Basilisk flog vorüber, ein bocksfüssiges Teufelchen stapfte über den Fenstersims, diese Nacht wurde interessanter und interessanter, ein Titan wälzte aus purer Freude Gesteinsbrocken vom Keller in den Estrich, eine laszive Venus versuchte, mich zu betören, und als ein Tatzelwurm an meinen Beinen hochtatzelte, bekam ich ein richtiges Festgefühl, Triton blies beim Cheminée das Muschelhorn, ein Seestier galoppierte über meine Bücherstösse und eine Medusa mit glühenden Augen auf der Stehlampe winkte wie toll, der klatschnasse Neptun schwang seinen Dreizack von der Küche her, und der siebenköpfige Drache der

Apokalypse bildete sich ein, sich vorstellen zu müssen, ich hörte im Badezimmer Sirenen im Chor singen, im Korridor rezitierte ein alter Kopffüsser Theokrit, der Aufzug der Fabelwesen, Zyklopen, Kobolde und Quellnymphen in meiner Wohnung nahm kein Ende, es war wirklich eine fantastische Nacht, ich, Oleivo, fühlte mich wohl in diesen besonderen Wirklichkeiten, ein Hippokamp stampfte hinter dem Vorhang auf, die Lernäische Schlange meinte auch noch gewichtig unter meinem Drehfauteuil zu zischeln, meine kleine hübsche Küchenschabe bildete sich ein, ein mythologisches Wesen zu sein, Artemis hockte in einer Bratpfanne und war recht ratlos, meine verehrte Hausspinne träumte vor sich her, Dämonen und Spulwürmer mauschelten im Kleiderschrank, Grabheuschrecken scharrten unter dem Esszimmertisch, Algenfische harften auf einer Skulptur, eine abgetakelte Göttin mit Kübelhelm meinte auch noch, mit ihren verlebten Reizen an meiner Haustür läuten zu müssen, auf dem Schreibtisch philosophierte ein Polyp und eine Seegurke betrachtete sich selbstverliebt im Garderobenspiegel, ein Raubkäfer käferte räuberisch von Zimmer zu Zimmer, es war wirklich eine ganz besondere, eine herrliche Nacht,

ich, Oleivo, liebe es zuweilen dennoch, Gedankenassoziationen nachzuhängen, ich spaziere gern durch geheimnisvolle Wälder der Fantasie, über blumenfarbige Felder der Träume, ich liebe es, mit Gavotten durch die provenzalischen Alpen zu tanzen, manchmal spiele ich einen Zauberkünstler und verwandle Steine in Flammen, ich, Oleivo, liebe es, groteske Welten zu erfinden, orchestrale Bilder zu malen, expressive Sinfonien zu komponieren, aus dem Material, aus dem das Weltall gemacht ist, planetenwuchtige Figuren zu meisseln, letzthin sagte ich mir, ich werde mich auf eine ausserordentliche Reise begeben, ich reise ins Gehäuse einer Posthornschnecke, denn dort treffe ich bestimmt auf keine dieser vielen plumpbäuchigen Touristenströme, die ich hasse, gesagt, getan, ich, Oleivo, schlüpfte durchs prächtige Eingangstor des Posthornschneckengehäuses, Tausende von Kerzen blitzten von den Perlmuttwänden zurück, auf einem kleinen Muschelpodest sassen ein paar Musiker und spielten Mozart, ich war äusserst glücklich, spazierte weiter und entdeckte an einer riesengrossen Staffelei, gewaltige Farbkübel standen rundherum, einen Maler, der seltsame durch Urwälder fliegende und aus dem Schlamm hervoräugende Chimären malte, als ich weiter durch den gekrümmten Gang schlenderte, sauste eine Spiralgalaxie, mit unzähligen Glöckchen behangen, die fröhlich bimmelten, an mir vorbei, ich schlenderte weiter und kam zu einem wundervollen Rokokotanzsaal, geschmückt mit Korallen und Sternen – Palmgeier, Spaltfüsser, Kammbarsche, Weinbergzikaden tanzten wie irr umher, ich spazierte eine Windung weiter und kam zu einem Symposium, da sassen Sappho, Galileo, Michelangelo, Beethoven, Goethe, Balzac, Katharina die Grosse, Kafka, Chagall und Einstein an einem runden Tisch, und alle sprachen gleichzeitig, es war ein wüstes Lärmen, ich schüttelte den Kopf und ging weiter ins tiefere Gehäuse der Posthornschnecke und kam in ein kleines Zimmer mit brokatüberzogenen Wänden, hier war es wundersanft still, nur eine einzige Bienenwachskerze brannte und duftete, ich setzte mich in einen

Korbstuhl und wusste, dass das die schönste und interessanteste Reise meines Lebens war,

ich, Oleivo, lernte Falso in San Pablo am Atlantischen Ozean kennen, er bot sich mir als Führer an, ich wollte mich im Hafenstädtchen San Pablo erholen, bevor ich auf meinem Lieblingskamel Madschnun durch die Tierra del Fuego nach Puerto Yartou am Kanal Whiteside ritt, ich vereinbarte mit Falso, was zu vereinbaren war, wir bezogen in der Kneipe „Rio Grande" zwei Zimmer, am Morgen ritten wir los, Falso auf dem Kamel namens Navarino, das Feuerland zeigte sich von der besten Seite, Feuersalamander zischelten in der Pampa, Feuerpalmensegler, Feuerflügelsittiche und Feuermaorikrähen begleiteten uns, am Horizont zogen dunkle Wolken auf, doch jede Angst wurde verscheucht, als ich Falso singen hörte, er sang wehmütig von vergangenen Liebchen, vom Feuertanz, von Feuersonnen, flammenden Pappeln, von einer Feuernacht beim Feueratem einer Geliebten, von Augen wie Feuersonnen, davon, dass er endlich im Herzen des Feuers angekommen sei – ist das eine alte Liedweise oder seine Erfindung?, Falso war für mich nicht fassbar, noch bevor wir in Puerto Yartou ankamen, überfiel uns schlagartig die finsterste Nacht, Falso lachte unbekümmert, wir hielten an und wie von Zauberhand brannte ein Feuerlein, Falso stellte zwei kleine Zelte auf, und mein junger Führer erwies sich als unentbehrlicher, praktisch veranlagter Helfer, wir brutzelten Fleisch (auch daran hatte er gedacht), tranken feurigen Wein, den er mitgenommen hatte, Falso sang schwermütige Lieder, erzählte aus seinem abenteuerlichen Leben, dann fragte er unvermittelt, „warum bist du hier? wer bist du?", ich liess längere Zeit verstreichen und sagte dann, „ich weiss nicht, wer ich bin, weiss nicht, warum ich hier bin – vielleicht bin ich hier, um diese Nacht mit dir, Falso, zu erleben, hier in diesem südamerikanischen Feuerland, fernab von der so genannten Zivilisation, um mit dir Wein zu trinken, deinen Liedern zu lauschen", Falsos Augen glänzten im Feuerschein auf, die Nacht legte sich fest um uns, da lachte Falso und sagte, bevor wir schlafen, singe ich dir noch ein Lied von einem Puma, der ein Mädchen rettete, mir kamen die Tränen, am Morgen verabschiedete ich mich von Falso in einer Hafenkneipe von Puerto Yartou, ein paar Whiskys trinkend, Falso werde ich nie vergessen,

zweifelsfrei – so denke ich, Ayup, Oleivos Freund, im Zelt kauernd, meine wasserdrachenbraune Pfeife rauchend, ein lasziv verschleiertes Weinchen trinkend, über mir ein paar vereinsamte Sterne tanzend, neben mir der alte Fluss rauschend – ist die Zeit eine sinistre Täuschung, zwielichtig, zwiegesichtig, lemurenhaft, chimärisch, ich bevorzuge das Gefühl der Zeitenlosigkeit, in meinem Zelt kauernd an den Ufern des Orinocos, um Erinnerungen aufleben zu lassen an die Leidenschaften, die mich zu einer existenziellen Freiheit hin aufrissen, an die Träume, in denen Ozeane die Wasserorgel spielten, an die grosse afrikanische Steppe zu denken, in denen ich, Ayup, wochenlang allein lebte, ich führe keine Agenda, ich stürze mich zu allen Zeiten halsüberkopf in die Liebeslust, manchmal, in der Balance des Tags zur Nacht, wenn die Welt lautlos sich auszuruhen beginnt,

nehme ich, Ayup, meine Indianerflöte und spiele spinn-
verwebte Melodien, dunkle Verschattungen und helle
Glissandi, die mich berühren, die mich entführen, was ich
geschehen lasse, ich schaue aus dem Zelt, die nahe Zeder
lacht, ein letzter Vogel zieht vorbei, ich beginne zu
lachen, das Leben ist so gross und weit und befreit, ich
stopfe meine Pfeife, trinke Wein, denke an Gedichte und
Tuschzeichnungen des Zen-Meisters Sengai, war das ein
Frosch, der rief?, war das meine Seele, die singend zur
Schöpfung heimkehrte?, alle Grenzen sind aufgehoben,
ich bin das Meer, das Universum, der Stein, die Pflanze,
das Tier, ich mag nicht genauer werden, Eins ist das
Andere, ich habe alle Zeit der Schöpfung, der Evolution,
Jahrmillionen werden zu Sekunden, Augenblicke zu
Äonen, wunderbar, denke ich, Ayup, Freund von Oleivo,
der Wind streichelt mein Zelt, eine Rinderherde zieht
vorüber, ein Krokodil schwimmt vorbei, ist der Orinoco
eine Spiralgalaxie?, ich lache, fern lachen die Sil-
houettenzacken der Berge, Basiliskenaugen glühen in der
Nacht, ich, Ayup, denke an Shurima, meine Geliebte (o
Shurima, feingliedrig, nach Wildrosenöl duftend), als wir
uns in der Oase liebten, wir kannten keine Zeit, alles war
in einem Uranfang schön, leidenschaftlich, wir wussten
nicht mehr, auf welchem Kontinent wir waren, wir ver-
wechselten alles, wir vergassen die Kamele, vergassen
unser Ziel, vergassen den Morgen, wir hatten, Shurima
und ich, Ayup, uns umarmend, alle Zeit fürs Zeitenlose,

es gibt nichts Schöneres, als auf einem Dachfirst zu
sitzen, in die Strassen hinunter- und in die Wolken
hinaufzuschauen, ein Liedchen zu summen und keck

draufloszuphilosophieren, nicht das nachzuplappern, was Denkheroen bereits mühselig und gespreizt vor Selbstachtung den Zeitgenossen und den Zeitgenossennachfahren kund und zu wissen taten, einbalsamiert in die schmuddligen Bandagen der Systeme, sondern schwuppdiwupp losgelöst von allen Gesetzen, Methoden, Theorien, Dialektiken, Satzungen und Dogmen frei wie ein Vogel zu tirilieren, frei wie die Winde, frei wie ein liebenswerter Taugenichts neue Gedanken und Gegengedanken, Gedankenansätze, Gedankenfarben und Gedankentöne, Gedankenkomplexe zu erfinden, Wirklichkeiten umzuschichten, Begriffe und Gegenbegriffe zu jonglieren, Bewegung in die Ruhe des Erkennens zu bringen, gewohnte Deutungen zu hinterfragen, keinen Stein auf dem andern Stein belassend, es ist herrlich, alles Miefige, Altbekannte, Zundertrockene über Bord zu werfen, über Gewohnheiten zu lachen, die Logik zu entsorgen, so dachte Dominik, mein Freund, auf dem Dachfirst hockend, wie schön ist es doch, Wichtiges mit Unwichtigem zu ersetzen, den Schwalben nachzuschauen, die Ameisen, die die Ziegel hinauf- und hinunterstürmen, zu beobachten, dachte Dominik auf seinem Dachfirst, es gibt keine Wahrheiten, sondern nur Winde, Illuminierungen der Einbildungen, wunderbar sind die Mäander der stets neuen Gedanken, dachte Dominik, das Waldhabichtskraut ist eine Sinfonie, die Leopardnatter eine Offenbarung, Châteauneuf-du-Pape ein zungenkräuselndes Fest, alles ist ein Gaukelspiel der Wünsche, Lehrbücher sind überflüssig, der Augenblick kennt nichts als Tod und Leben, ich halte mich ans Leben, dachte Dominik, sollen sich die fussligen Griesgrame grämen, die Polterer in ihrem selbstgewählten zuplumpenden Gefängnis poltern mit ihren scheusäligen erdummten

Selbstgefälligkeiten, Macker und Knacker machulle mauscheln, dachte Dominik singend auf dem Dachfirst sitzend, ich, Dominik, fliege mit den Sternen, tanze mit den Purpurseeigeln zur Musik der Ozeane, alles fängt erst an, guten Morgen, neue Welt,

Pipo Belano nahm ein Vollbad, wusch sich das schwarze Kraushaar, blies vergnügt in den Schaum, trällerte melodietrunken ein Liedchen, reckte und räkelte sich, erinnerte sich an die Mississippiraddampferfahrt mit O'Luno, dem Stammesfürsten aus São João del Rei, lachte, zündete sich eine Zigarre an, fühlte sich ganz fibbelig, als ihm Prinzessin Muhanda, die er in der Hafenstadt Sidi Ifri liebte, in den Sinn kam, er erinnerte sich (oder war es ein Traum? was ja auch nichts anderes wäre als eine Erinnerung aus den Tiefen des Unterbewusstseins), wie er mit Richard Löwenherz die von Aladin gehaltene Burg Akan eroberte, Pipo Belano spazierte mit dem provenzalischen Insektenforscher Jean-Henri Fabre der Durance entlang, Pipo Belano hiess im Orient Madschnun und liebte Leila, Pipo Belano schrieb unter dem Pseudonym Georg Friedrich Lichtenberg die berühmten „Sudelbücher", unter dem freiberuflichen Namen Carl von Linné über das Sexualleben der Pflanzen, jaja, Pipo Belano in der Badewanne war ein Teufelskerl, ein echter Mückebold, der in den letzten Jahrhunderten einiges erlebt hatte, Pipo Belano dachte, dass er auf seinem langen Lebensweg rund um die Welt fast nur Piesepampels begegnet sei, er jebumfiedelte keinem Menschen, er war stets sein eigener Herr und Meister und Knecht, doch jetzt sass Pipo Belano in

der Badewanne, nahm entspannt lustvoll ein gross-
wellenschaumiges Vollbad, hörte eine Celloballade von
Glazunov, fühlte sich wohl und dachte, dass er, sobald er
aus der Badewanne entstiege, Ordnung in sein Leben
bringen würde, dass er sichten, entwerfen, verwerfen,
zusammenfassen, entfalten, sortieren, aussortieren müsste, doch er zögerte das hinaus, betrachtete seine Zehen,
die mit dem Schaum spielten, überlegte sich, dass es
eigentlich keinen Grund gäbe, aus der Badewanne zu
steigen, fühlte sich wie ausgelatschte Pantoffeln sauwohl,
so war es halt mit unserem Helden Pipo Belano in der
Badewanne, Pipo Belano ward von niemandem mehr
gesehen, da er in der Badewanne blieb,

ich, Oleivo, lud Mark Twain, Jean-Paul Sartre, Annette
von Droste-Hülshoff, Jean Cocteau, Wilhelm Hauff,
Bettina von Arnim, Nikolaus Lenau, Else Lasker-
Schüler, Stéphane Mallarmé, Li Tai-po, Gabriela Mistral
und noch ein paar weitere illustre Schriftstellerinnen und
Schriftsteller zu mir in mein grosses Malatelier zu einem
Fest ein, um fröhlich zu zechen, um über alles und nichts
zu diskutieren, um miteinander zu tanzen und zu lachen;
vergnüglich war, wie der riesig beschnauzte Mark Twain
sich um Annette von Droste-Hülshoff rührig zeigt, wie
der schielende Jean-Paul Sartre aus Versehen Bettina von
Arnims weisses Satinkleid mit Rotwein bekleckerte, wie
der bereits betrunkene Tennessee Williams (der kam
eben auch noch) und Jean Cocteau miteinander im
Streitgespräch verheddert waren, ob die Marilyn Monroe
nun wirklich … oder war es … eben doch … nicht …
aber keineswegs – ein typisches frotzelndes Gespräch

unter Schriftstellern über nichts, das endlos dauerte, Wilhelm Hauff versteckte sich geziert hinter seinen Märchen, Thomas Wolfe setzte sich auf seinen legendären Seemannskoffer, in dem sich seine vieltausenden Manuskriptseiten befanden und den er immer mit sich schleppte, und der alte Henry Miller, der mit seiner blutjungen japanischen Geliebten Hoki Tokuda, Pianisten und Jazzsängerin, gekommen war, wollte unbedingt nackt Tischtennis spielen, das Fest näherte sich turbulent seinem Höhepunkt, als die Lyrikerin Else Lasker-Schüler mit ihrem berühmten Tiger-Bauchtanz loslegte, der schwermütige Nikolaus Lenau Stéphane Mallarmé zum Duell fordern wollte, nur weil Mallarmé noch nicht so betrunken war wie er, Li Tai-po tanzte mit Gabriela Mistral innig umarmt, die Musik flappte nahe am Entgleisen, es wurde getrunken und gejohlt, die Streitgespräche näherten sich dem Totschlag – es war eben ein richtiges ausgelassenes Fest von Schriftstellerinnen und Schriftstellern, der wortkarge Oleivo lachte vergnügt in sich hinein, zündete sich eine Pfeife an und dachte, jaja, meine Freundinnen und Freunde, die schreiben, sind ein lustiges Völklein, morgen bin ich, Oleivo, mit meinen Farben wieder allein,

letzthin lernte ich, Oleivo, in einer Tübinger Altstadtkneipe am Neckar einen alten Mann kennen, wir tranken weissen süssen Moselwein, rauchten beide unsere verteerten Pfeifen und redeten lebhaft miteinander über die berupften Trugschlüsse der Sophisten, über die Natur der vorsokratischen Physik, die den Geist und das Sein im Ganzen miteinander, aufeinander und gegeneinander, manchmal auch holterdiepolter durcheinander, beziehen, über Eduard Mörikes Künstlerroman „Maler Nolten", über Søren Kierkegaards „Philosophische Brocken", unser Gespräch hüpfte (inzwischen hatten wir schon mehrmals Wein nachbestellt) zu Friederike Mayröckers „Magischen Blättern", wir verhöhnten das kniepige Verhalten unserer Zeitgenossen, stopften unsere Pfeifen neu und mussten über die dumm-dämlichen Schlager aus der Jukebox lachen, wir begannen die Wollhandkrabben zu bewundern, erinnerten uns an die altkastilische Kathedrale in Segovia, unser sprühendes Gespräch wurde ein Fest, wir fanden den Weg zu Zwergsternen und Weissen Riesen und wunderten uns umzechig über den Wahnsinn der Vernunft, wir lachten mehr und mehr über die altvettelischen Bräuche allerorten, plötzlich wurde der alte Mann ernst und sagte, ich möchte mich vorstellen, er grabschte in seinem leicht verschmutzten Kittel und nahm etwas hervor, was wohl seine Visitenkarte war, es war ein Leporello, ein harmonikaartig gefalteter, längerer Papierstreifen, darauf stand zu lesen: Luigi Ugo Filippo Creonte Giasone Egeo Evandro Tideo Licinio Enrico Idreno Piero Ubaldo Eustachio Armando Goffredo Rinaldo Gernando Torvaldo Ormondo Otumbo Alvaro Amonastro Arrigo Montolino Azzo Gualtiero Elvino – und dort, wo endlich sein Geschlechtsname hätte stehen sollen, war nichts, ein leeres Blatt, ich schaute ihn verdutzt an, da fragte er mich „wie heisst du?", ich sagte, ich bin einfach der, der manchmal tanzen muss und ich begann in der Kneipe zu tanzen,

ich, Oleivo, lernte Ratzenböck auf einer Vernissage
kennen, auf der Vernissage von Lu Shi-tung, der Chine-
sin, die mit ihren abstrakten, wellenden, kobaltblauen
Bildern die Welt überraschte, zum Staunen brachte und
mit ihren lasziven Farb- und Formassoziationen die
ganze Kunstwelt aufmischte, spaltete, in Ratlosigkeit
stürzte, Ratzenböck war von einem undefinierbaren
Alter, seine weisse gekräuselte Wuschelhaarmähne fla-
ckerte in alle Himmelsrichtungen, sein Gesicht war nicht
mehr jugendlich, aber ohne jede Falten, seine Augen
flammten etwas müde, seine Hände waren meist ruhig,
doch wenn sie sich bewegten, war es wie ein Bogenstrich
auf einer Geige, und, was am meisten auffiel, er sagte fast
nichts im ganzen eitlen Gebrabbel und Gesabber der
Vernissage, doch wenn er etwas sagte, wurde es still rund
um ihn, seine Worte waren wie Runen, geheimnisvoll
und doch stets sehr präzis, Lu Shi-tungs mäandernde
Bilder charakteristisch definierend; Ratzenböck und ich,
Oleivo, vereinbarten, gemeinsam eine Reise zu machen,
wir waren uns sympathisch, es wurde eine Reise, die ich
mein ganzes Leben nie mehr vergessen werde, zuerst
flogen wir im Lied der Feldlerche durch den Frühling,
flügelten mit dem ostasiatischen olivgrünen und mit
halbmondförmigen Glasflecken gezierten Götterbaum-
spinner mit den rötlichen Querbinden auf den Flügeln
durch den Sommer, schwammen mit Sechsgürtelbarben
durch den Herbst, krochen mit Moschusschildkröten
durch den Winter, ich kam aus dem Staunen nicht mehr
heraus, denn in jeder Jackentasche hatte Ratzenböck eine
andere Jahreszeit, als ob das das Selbstverständlichste
wäre, zudem zauberte er je nach Lust und Vergnügen die
verwunderlichsten Kreaturen aus seiner Hosentasche:
nacktbäuchige Grabflatterer, Rio-Grande-Biber, Mehl-

motten, Fransenzehenleguane, Graue Beifussmönche und was der Abkurrligkeiten mehr sind, es war ein wunderbares Märchen mit Ratzenböck, ein berauschendes Fest!, eines Nachts, wir ruhten uns, Dattelwein trinkend und eine feuersalamanderfarbene Pfeife rauchend, im afrikanischen Städtchen Abu Zabad in einem mondbeschienenen Café aus, begann Ratzenböck in einer Sprache zu singen, die ich nicht kannte, er hatte eine sonore baritonale kehlige Stimme, ich war tief bewegt, da sagte Ratzenböck: „Oleivo, kennst du auch ein Lied? singst du?", ich schüttelte den Kopf, stand auf – und begann zu tanzen,

was auch geschieht, das Leben sagt unermüdlich Ja zum Leben, warm und leicht ist deine Hand wie ein Vogelzug, meine Zunge schlangenaalt sich über deinen nackten Körper, auberginefarbene Dunkelheit glüht in deinen Augen, du kommst von weit her, halsanhals im freien Fall murmeln wir Verrücktes, halten uns fest an der Hand, Blüten, Blumen, Sonnenaufgänge, Sonnenuntergänge in deiner Hand, du beziehst dich auf sie, du glaubst das Leben zu kennen, ich kenne das Leben nicht, nichts geht auf, ich beziehe mich auf nichts, ich lebe mit dir, bei Sonnenschein wage ich es nicht, dir die Wahrheit zuzuflüstern, dass ich dich liebe, doch die Nacht ist auf meiner Seite, lächelt, manchmal erinnere ich mich an den Schatten des Vogels, an die Kälte des Abends, doch manchmal nimmt mich der Wind dorthin mit, wo es keine Erinnerungen mehr gibt, die Schatten an der Wand tanzen gespenstisch und fallen ineinander, du öffnest die Hand, leise Worte steigen auf, die Sprache habe ich

längst verloren, doch ich lächle dir zu; sich zurück-
zubesinnen auf die eigene Freiheit, sich zurückzuziehen
auf das Offne in sich selbst, es sind gute Schritte, dich zu
begleiten, geballte Riesenflocken, verkarstete Runzeln,
Himmel- und Höllenfahrt, leicht oder schwer, in mir tanzt
alles, vor mir, so einfach ist`s: die Weinflasche, die
Tabakdose, „Ahnung und Gegenwart", ein aufge-
schlagenes Buch, die Stunden eilen vorbei, vollenden
sich im Lampenschein, das durfte heute geschehn, auf
meinem Schreibtisch sitzt du, Buddhastatue, dick-
bäuchig, lächelnd, fern, hinter den geschlossnen Augen
vergeht die Welt, die Spinne auf deinem Kopf kümmert
das nicht; Grenzlinien weit zu überschreiten, führt zu sich
selbst zurück, ob kurz oder lang, man kommt niemals an,
doch du bist längst bei mir, wir lachen, wir werfen Steine
in den See, trinken zusammen Malvoisie, sprechen über
ein Bild, das Glück setzt sich auf einen Ast, wippt
selbstvergessen auf und ab, und der Staub, wie funkelt er
in deiner schlanken Hand,

die Erde dreht sich, der Drehfauteuil dreht sich, im
Cognacschwenker dreht sich die Illusion, im Bauchnabel
dreht sich die Lust, die Kugel ist noch immer ein
vollendeter Körper, über Worpswede drehen sich die
Sterne, der Kugelfisch flitzt durch die Algen, Zausel
blättert stundenlang sehr ernst in lateinisch verfassten
Inkunabeln, obwohl er sie nicht versteht, Zausel spielt
auch sehr ernst seine desolate Klarinette, van Gogh malt
ekstatisch drauflos, Hölderlin empfängt in seinem Turm
am Neckar seine Geliebte, Zausel ist ein ernster Mann, er
macht sich so seine eignen Gedanken, vielleicht ist

Zausel etwas verwahrlost, das hat sich halt in den letzten Jahrzehnten so ergeben, doch was macht das schon aus angesichts der Protuberanzen und der subversiven Trinklieder Li Tai-pos, Zausel bleibt auch ernst, wenn andere lachen, Zausel hat Charakter, Zausel zäuselt nicht mit Irrlichtern, Zausel liebt dennoch alles, was brennt, Cooles ist ihm ein Gräuel, so ist das halt mit Zausel, er liebt das Haschen nach Wind, Zausel philosophiert leidenschaftlich gern mit Anaxagoras und Heraklit in den Weltenjahren der grossen weiten grenzenlosen Zeiten und in den flammenden Weltallräumen, Zausel mag Meister Eckhart mit dem immanent-allgegenwärtigen Gedanken an Gott und bei Comedy-Fernsehsendungen weiss Zausel nicht, warum er lachen sollte, da bald eine Milliarde Menschen hungert, Zausel wurde mit den Jahren ernster und ernster, bis er eines Morgens ein seltsames Gefühl verspürte, er stand irritiert aus dem Bett auf, ging ans Fenster und hörte ein Krachen und sah, wie die Häuserzeile ihm gegenüber zusammenfiel und es war ihm, als ob es in nächster Nähe bebte, er wunderte sich darüber kein bisschen, so war das halt mit Zausel, er blickte um sich und sah wie seine Wohnungswände einstürzten respektive sich in Luft auflösten und er plötzlich in seinem karierten Nachthemd im Freien stand, sein Haus hatte sich in Nichts aufgelöst, er stand auf dem freien Feld und schaute um sich und stellte fest, dass es keine Stadt mehr gab, dass alles eine leere Ebene geworden war, da musste der alte ernste Zausel lächeln, jaja, der alte Zausel ist halt doch ein Lächler, die Fantasie ist in meinen Augen etwas vom Schönsten, das ein Mensch haben und pflegen darf, sie ist eine personale Kosmogonie, eine lockere „Lehre" von der Entstehung und Entwicklung des Weltalls sowie der Himmelskörper und aller anderen kosmischen Objekte, insgesamt alle menschlichen Erinnerungen und Vorstellungen, enthalten in jedem Spatzenhirn eines jeden Menschen; die „Lehre" wird weit hinter sich gelassen, und unendliche viele Anfügungen, Gedankenblitze, Einfälle, Anekdoten, Verknüpfungen gesellen sich dazu, das Reich der Assoziationen kennt keine Grenzen, es ist ein Bereich der wundervollsten Gedankenfeste, letzthin las ich einen aufgeklärten gichtgeplagten verknorzten Philosophen, der aufgebläht in seinen Dümmlichkeiten und versteinert in seiner Eitelkeit ist und musste an Rumpelstilzchen denken, was mich laut zum Lachen brachte, als ich ein Kyrie von Ludwig van Beethoven hörte, fiel mir ein Amselgesang ein: beides machte das Weltall etwas leichter und heller, ich träume oft von seltsamen Ohrenfischen, furchterregenden Saugwelsen und sauriergrossen Mooreidechsen, und dann denke ich nach dem Aufwachen an die grossen, die ganze Existenz des Menschen auslotenden Romane von Dostojewski, beim Betrachten von Alberto Giacomettis schlanken, stabförmigen Statuen höre ich den Herbstwind in den Binsen, im Schilf am Orinoco, Assoziationen haben viel mit Synästhesien zu tun, mit Reizempfindungen eines Sinnesorgans bei Reizung eines andern, also zum Beispiel ein Auftreten von Farbempfindungen beim Hören bestimmter Töne; ich müsste auch von Symbolen reden, doch ich käme da vom Tausendsten zum Zehntausendsten …, hier sollen genügen: ein schreiendes Rot oder beim Hören von Frédéric Chopins beiden

Klavierkonzerten kommt mir der dunkle nebel-verhangene Böhmische Wald in den Sinn, wenn ein Kind singt, tanzen die Sterne, und bei einer Konzertarie von Mozart sehe ich Berenikes blonde Haare über ein lapislazuliblaues Kleid wallen und fallen, Hören, Sehen, Schmecken, Riechen lösen sich auf, eines findet sich im andern, all das hat nichts mit Zufall zu tun, sondern steigt auf rätselhafte Weise aus dem riesengrossen Unter-bewusstsein auf, gleichsam wie Wasserrosen aus einem tiefen Teich, so kann ein einfaches Bild zu einer Sinfonie werden, ein Blick aus einem Fenster löst einen Film aus, nichts ist nur das, was es ist, sondern alles ist gleichzeitig alles, sofern man offen für alles ist,

Akim Bossolow liebte es, unverstanden zu bleiben, all das, was seine Zeitgenossen interessierte, langweilte ihn, dafür war Akim Bossolow Feuer und Flamme bei weit entlegenen labyrinthischen Ansichten, er liebte die denk-experimentellen Möglichkeitsstrukturen, die sich auf-lösenden Grenzen, Akim Bossolow führte ein Leben jenseits aller gesellschaftsdominanten Antworten und der zu raschen Evidenzen, Akim Bossolow dachte, dass es wenig darüber zu denken gäbe, was bereits bekannt sei, die unlösbaren Fragen über Sein und Nichtsein, ihre Sedimente und Hohlformen, das war es, worüber Akim Bossolow nachdachte, Akim Bossolow war sieben-undzwanzigjährig, hager von Gestalt, stets vielfarbig gekleidet, arbeitslos, tagsüber war er meist energielos, nachts war er ein Löwe, räubernd durch die Steppen, durch die Wüsten, in den Dschungeln der Grossstädte, leidenschaftlich befasste er sich mit antidualistischen

Wesensunterschieden von Sinnlichkeit und Geist, stürzte sich in die Vorgängigkeiten von Auffassungen und Wahrnehmungsinterpretationen, in existenzialphilosophische, humane Denkrichtungen, eine jede kategoriale Täuschung war ihm vergnügter Anlass, Analogien zu entwerfen und zu verwerfen, Akim Bossolow liebte das Leben und deshalb waren ihm alle Normen suspekt, die Gleichzeitigkeit der Gegensätze war sein Credo und selbst das immer nur auf Widerruf, eines Tags, nein, eines Nachts dachte Akim Bossolow über die Empfindungsfähigkeit des Menschen nach, über die Beziehungen der Menschen miteinander, untereinander, übereinander, durcheinander, über Kriege, Hass und Liebe und das Leid, Letzteres die Grunderfahrung aller Menschen, aller Völker zu allen Zeiten, er dachte, dass sich die menschliche Freiheit nur in der Offenheit der Universalität zeige, in den unendlichen Perspektiven der Erkenntniserhellungen, im Spiegel der Aberbillionen Sterne, in der tiefen Ehrfurcht vor dem Menschen, Akim Bossolow starb achtundzwanzigjährig an Lungenentzündung, ohne ein Werk zu hinterlassen, ich vergesse seine stürmischen nächtlichen Besuche nicht, die Diskussionen zogen sich immer bis in den Morgen hinein, ich höre heute noch sein Lachen,

heute ist ein Tag ohne besondere Erlebnisse, ich, Oleivo, beobachte, in meinem Drehfauteuil sitzend, wie Eiszeiten sich verabschieden, Vulkane ausbrechen, Kontinente aufeinander zuschwimmen oder wegdriften, das Herz pulsiert, das Weltall expandiert, es ist ein wildes Ausdehnen und Sichzusammenziehen, Schieben und

Stossen, ein Ausbrechen und Zusammenfallen, Frühlingswinde säuseln, Herbstwinde stürmen, Wolken ziehen auf oder weg, es ist allüberall ein Kommen und Gehen, ein Auftauchen und Abtauchen, Völker erreichen ihren Höhepunkt und fallen in den Niedergang, Nonnen mit gewaltigen Flügelhauben singen in Korallenriffen, ein Maler ist auf der Lauer wie eine wilde Ginsterkatze, ein Komponist umklammert wie ein Mausmaki einen Baumast, Luftgeister lachen über scholastische Sentenzenkommentare, ein alter Mönch vertieft sich in die aristotelische Philosophie des Andronikos von Rhodos, ein Floh liebt die pythagoreischen Harmoniegedanken, dass der Weltprozess kein geradliniger, sondern ein zyklischer ist, alles Seiende ein Werden, ein Fliessen, es gibt kein Zum-vorneherein-Feststehendes, alles ist immer in Frage gestellt, in der Verschiedenheit entzündet sich alles und erlöscht wieder, Demokrit murmelt, unwissend sich Buddha nähernd, „das Etwas ist nicht mehr als das Nichts", im Baumwipfel übt ein Pianist eine Kadenz, eine runzlige Schuppenechse liest die Bibel, ein Marmorzitterrochen hat genug vom Schwimmen und fliegt über den Fudschijama, Paul Cézannes „Badende Frauen" tanzen Cancan in einem Vorstadtbordell, eine Karthäusernelke träumt in einem Quartett von Mozart, manchmal will sich die Welt verändern, was blau ist, möchte rot sein, Gerades ungerade, Zerrissenheiten Harmonien, es wird gehupft und gesprungen, aufgebaut und niedergerissen, eins ist das andere, Saurier singen in der Kathedrale „Kyrie eleison", ein Fluss hat es satt, ins immergleiche langweilige warme Meer zu fliessen und klettert fröhlich zu einer Eisnadelwolke hinauf, ich, Oleivo, trinke, im Drehfauteuil sitzend, Montepulciano d'Abruzzo, rauche meine salamanderfarbene Pfeife und bin glücklich, einen Tag ohne besondere Erlebnisse gehabt zu haben,

Abdias der Dichter mochte Spaziergänge nicht, ihn dünkte jeder Spaziergang Zeitverschwendung, Lebensverschwendung, doch eines schönen Tages dachte er sich, nun mache ich einen Spaziergang, gesagt, getan, er zog gute Schuhe an, entsprechende Kleider, stülpte sich den vielfarbenen Poncho über, setzte sich sein Béret auf und verliess seine Wohnung, und nachdem er die Stadt, zu Fuss natürlich, verlassen hatte, kam er zu einer Ebene, über die Häuser schwebten, Teufelsrochen durch die Luft schwammen, sauriergrosse Schmetterlinge tanzten, ha, spazieren zu gehen ist vielleicht doch nicht so langweilig, dachte Abdias der Dichter, er zupfte einen Grashalm aus und summte munter die Trauerszene aus Donizettis grandiosem Opernfresko „Dom Sébastien", erinnerte sich an die genial-fiebrigen subkrustalen Romansuaden von Bohumil Hrabal, es ist existenziell wunderbar, wie vom Donner bestürzt zu werden, doch um sich dessen zu erinnern, muss man ja keinen Spaziergang machen, da genügt es, zu Hause im Drehfauteuil zu sitzen, sich ein Weissweinchen zu genehmigen, Pfeife zu rauchen und so zu tun, als hätte man noch hundert Jahre zu leben, unterdessen spazierte Abdias der Dichter weiter und weiter – und da stockte er jäh: er war ans Ende der Welt gekommen!, die Welt hörte einfach auf, rums fertig!, keine Engel harften mehr in den Wolken, keine hochhausgrossen Zebrafinken piepsten, keine kilometerlangen Schlangen und wie Riesenberge zerklüftete Stachelleguane gab es zu sehen, keine vorsintflutlichen

Kamelhalsfliegen surrten umher, keine Maulwurfs-
grillenaugen flammten wie feuerspeiende Vulkane auf,
kein Quastenflosser, gross wie ein Mississippi-
raddampfer, winkte, Abdias der Dichter war wirklich ans
Ende der Welt gelangt, dorthin eben, wo das langweilige
Nichts begann, ach, dieses Weltenende, dieses Nichts ist
beileibe nichts für mich, dachte Abdias der Dichter, ich
kehre lieber um – zu Hause, im Drehfauteuil sitzend,
dachte Abdias der Dichter, dass Spaziergänge eigentlich
nichts bringen, schöner ist, regungslos zu bleiben und die
Fantasie zur Wirklichkeit zu erklären,

Lodovico machte sich so seine Gedanken über sich, über
die Umwelt, Mitwelt, Unterwelt, Überwelt, Vorsich- und
Hintersichwelt, Lodovico war Maler, einer meiner
Freunde, und liebte die satten, verschwenderischen,
grellprächtigen, pastos pompösen, wilden und pul-
sierenden Farben, er liebte wie verrückt das mehlige Blau
des Sauerdorns, das schmetternde Gelb der Sumpfdotter-
blume, das ein bisschen in Wehmut fallende Aubergine
des Schwalbenwurzenzians, liebte das getüpfelte Gold
der Kragenechse, Lodovico war verliebt ins meditativ
traumsanfte, aber doch leicht metallisch auflichtende
Blau des Türkishähers, Lodovico war begeistert über das
maurisch-silbrige Ornament des Koboldkärpflings, er
liess sich trunken fallen in die schwermutverschatteten
Klangwellen Frédéric Chopins, er liebte expressio-
nistische Farbkaskaden, tummelte sich in der hundert-
fachen Sonnenleuchtkraft des Sterns Regulus, es lag
Lodovico schwer auf dem Herzen, dass sich die heutige
Gesellschaft mehrheitlich in Schwarz hüllte, in ein

langweiliges, ödes, abstossendes Schwarz, in ein Schwarz des Todes, mindestens in ein Schwarz der Lebensfeindlichkeit, ein Schwarz, das die bunten berauschenden Feste, das regenbogene Lachen, die quirlige Lebenslust verhindern will – natürlich wissen das die Leute, die Schwarz tragen, nicht, sie kaufen einfach die schwarzen Stofffetzen von der Stange, modebedingt, kopflos, sparsam, doch das Lebenszugewandte ist das Glück einer unübersehbar grossen Farbpalette, daher trug Lodovico nie Schwarz, die Vermassung in Schwarz liesse sich tiefenpsychologisch deuten, doch dafür nahm sich Lodovico keine Zeit, warum sollte er sich mit dem Rabenschwarz, mit dem Kohlensackschwarz seiner Zeitgenossen beschäftigen, er weigerte sich fortan, das Schwarz zu sehen, er übersah es lachend und trug einen buntfarbenen Poncho, eine blau-rot-grün-gelbe Mütze, ein sturzbachwildfarbiges Hemd, trällerte ein Liedchen, das Leben wurde zu einem tausendfach instrumentierten Fest mit schillernden, klingenden, winkenden Farben,

herrjemine! ojemine! was prahlen die Menschen mit ihren Langstreckenraketen, Atomkraftwerken, Betonstädten, Düsenjets und Riesenausflugsozeanschiffen, ach mein gutes Lottchen, das sind ja bloss Steine, Mauern, Bleche, Fässer, Nieten, eigentlich nicht der Rede wert, und dann wedelt der Mensch mit seinen Geldscheinen und kann damit doch nicht viel mehr bezahlen als seine pompöse Beerdigung, prosit!, da ist das kunterbunte Gesellschaftsleben der Paviane beträchtlich origineller, und wie sind die lebhaften, flinken Nektarvögel um einiges fröhlicher als dieser miesepetrige Homo sapiens mit seinen Waffen und seiner Hohlheit im Kopf, auch der Blaue Prachtkärpfling hat ganz andere Qualitäten als der Windbeutel Menschling, doch jetzt, holla, aufgepasst!, ich, der kammhörnige Pochkäfer, der Ptilinus pectinicornis, bescheiden auch Bücherwurm genannt, singe ein Lied, das schönste aller Lieder, ich singe das Lied der Bücher, wie glücklich bin ich, wenn ich mich durch Jean Pauls Bände des „Armenadvokaten Siebenkäs", durch Franz Kafkas „Schloss" und Gustave Flauberts „Madame Bovary" gefressen habe, aah, da wird das Leben schön, vor mir liegen Robert Musils monumentales Fragment „Der Mann ohne Eigenschaften", Thomas Wolfes Epos „Von Zeit und Strom", Wilhelm Lehmanns grossartiger Roman „Weingott" und Marcel Prousts Labyrinth „Auf der Suche nach der verlorenen Zeit", ich will mich beeilen, mich durch alle diese Wunder zu fressen, ich lebe schliesslich in einer Bibliothek und habe noch vieles vor, einmal las ich von einem gewissen Friedrich Nietzsche ein paar Zeilen unter dem Titelchen „Bücher, welche tanzen lehren", hui, ich wurde ganz taumelig vor Begeisterung, stellte mich auf die Fussspitzen und begann, auch wenn ich mich zum Solotänzer nicht eigne, sondern nur ein Bücherwurm bin, zu tanzen, im Grunde genommen weiss ich nichts, weiss bloss, dass Bücher die grössten Wunder dieser Erde sind, das weiss ich aber ganz genau, ich der kleine vielfressende Bücherwurm,

ich, Oleivo, zögerte nicht, ins Unterseeboot einzusteigen, nach wenigen Augenblicken befand ich mich bereits 10 000 Meilen unter dem Meeresspiegel und stellte erstaunt fest, dass ich durch herrliche Städte fuhr, zwischen

Pyramiden, durch prunkende Paläste, über breite Avenuen, die wohl vor Tausenden von Jahren in den Fluten versanken, ich stellte vergnügt fest, dass elegante Spitzmaulkärpflinge, majestätische Seedrachen, listenreiche Muränen, archaische Felsenfische, ehrwürdige Quastenflosser und ulkige Nashornfische, grimmige Seewölfe, rotäugige Drachenfische und züngelnde Flammenlippfische mein U-Boot begleiteten, denn sie alle wussten, dass wir, die Meeresbewohner, und ich, Oleivo, der Erdenbewohner, gemeinsam den Stoa-lehrenden Poseidonius, dass wir das sinnenhafte Erlebnis der Erkenntnis, der polyphonen Wahrnehmungsanschauungen liebten, von meinem Tauchbootfenster sah ich beschuppte Dreiflossenschleimfische, fantastische Teufelsrochen, Marmorzitterrochen, Katzenhaie, Scheckenkärpflinge – Spitzkopfkugelfische, Glühkohlenfische, Igelfische und Wrackfische tanzten ein Ballett, ein Quallenfisch spielte die Geige, ich, Oleivo, tauchte tiefer und tiefer, und es wurde dunkler und dunkler, ich dachte an Parmenides, der das Denken als einzigen Weg zur Wahrheit festlegte und ich dachte mir, dass das Leben eine erkenntniserhellende Chance bedeutet, eine Tauchfahrt in die Labyrinthe des Selbst, zutiefst im Ozean der Träume, zeitenlos, ich trank in meinem Tauchboot einen zungenkräuselnden alten Rioja und winkte den Pfauenaugengauklern zu, denkend, dass alles subjektiv ist, träumte vom Eros als Energie zum Guten und Schönen, vom geschichtsphilosophischen Grundgefüge des Weltganzen, das sich im Sinnlichen und Geistigen manifestiert, in Johann Nepomuk Hummels „Messe Es-Dur", op. 80, für Solisten, Chor und volles Orchester und in den „Turmgedichten" Scardanellis, auch Hölderlin genannt, neue Dimensionen türmten sich in den Wassern des ozeanischen Seins auf, tanzten eng umschlungen, die abenteuerliche Tauchfahrt hat erst begonnen, mit meinem Unterseeboot tauchte ich tiefer und tiefer, ich war bald 20 000 Meilen unterm Ozeanspiegel, neue Welten öffneten sich, Orchideen-Drachenaugen tanzten mit Siam-Barben, Ameisenbärfische kopulierten mit Flösselaalen, ein Marmorzitterrochen dirigierte die melodramatische Oper „Caterina di Guisa" von Carlo Coccia mit der Sandtigerin als Sopran, der Halbschnäblerin als Alt, dem Knochenschmelzschupper als Tenor und dem alten Grauen Riffhai als Bass, und wenn ich die Augen schloss, sangen Claude Monets weltallduftende Seerosen, weit unter der Oberfläche bildeten sich neue Dimensionen, menschliches Erkennen meint immer eine Gesamtauffassung von Struktur und Ziel, von Sinn und Wert, von denen die ursprünglichen Deutungen und Auslegungen der Einzelurteile und individuellen Entscheidungen abhängen – Sinnlichkeit als Ergänzung des Verstandes, Wahrnehmung der grenzenlosen Welt in der schonungslosen Gegenwart, unsere Vorfahren waren Fische (was schon Anaximander wusste), wir sind, tauchen wir nur tief genug, alle in einem uranfänglichen gegensatzlosen Ersten aufgehoben, im fluktuierenden Mass von Nah und Fern, von Wind und Wolke, von Erde und Stein, Wasser und Luft, von Diesseits und Jenseits, die Fische wissen das heute noch, das Eine ist das Andere, in meinem Tauchboot sitzend, zünde ich mir eine Pfeife an und winke dem philosophischen Gabelbart, dem verspielten Schnepfenaal, dem afrikanischen Schlammfisch und dem grossäugigen Schuppenräuber zu, wir verstehen uns alle vorzüglich,

Macht und Glanz und Niedergang der Medici, das Riesenfaultier aus dem Pleistozän, Megalithe, Tempel und Kulturzentren der minoischen Religion, „Ich bin der Ich bin" des brennenden Dornbuschs, der Initiationsritus der australischen Zauberer, die Trance der Achumawi-Schamanen, Liebeslieder aus der Pharaonenzeit, aah, ich, Oleivo, liebe die Wichtigkeiten und Nebensächlichkeiten aller Völker zu allen Zeiten, ihre Inszenierungen und Demaskierungen, Aufstiege und Abstürze, ihre Kunstäusserungen und lächerlichen Wahnvorstellungen, ich weiss nicht, was Vernunft, was Mässigung vortäuschen wollen, kann mir auch gestohlen bleiben, ich rathfrage keine raspelhäusige Gesellschaft, keine flau und lau und grau gewordene Autorität, beheule keine umschattigen honorigen Popanzen, Zierlinge aller Parteien dürften zusterbend wegkompostiert werden, ha, ich halte es mit den Abgänglingen der Verzweiflungen, mit den Grimassen des Clowns, liebe die Dancknehmigkeyten aller Art, behymne Kraut und Rüben, die miselsüchtigen Narrenpossen der Poeterey sind mir anbetungswürdig, Dionysos lacht in der Nacht, Trappistenmönche singen ein Loblied auf die Schöpfung, Meng Tzu, der alte Chinese, schüttelt den Kopf, nieder mit all den heutigen Hochglanzschranzen und epidermoiden Tonangebern, die Welt ist ein buffoneskes Tollhaus, in der die grössten Totschläger mit Privilegien und Würden und Geld ausgestattet werden, der französische Philosoph Malebranche sinnierte über den cartesianischen Dualismus, Joseph Haydn komponierte die Paukenmesse, Anton Bruckner mass sich in den Dimensionen des Weltalls, der Tigerreiher bewohnt Südamerika, die Ährige Teufelskralle liebt den feuchten Boden von Laub- und Mischwäldern, im Kosmos ist alles zehrfrey, umschlingen wir uns in dubio pro reo, solange wir nicht vergreist sind, es lebe die Lust, die Imbezillität der Universitäten, die Hypomanie, das Gangrän; um die totale Komplexität – im Haschen nach Wind – zu erreichen, reicht eine kleine lange Lebenslänge beileibe nicht aus, die betörende Schönheit der Einfachheit, in der Coincidentia oppositorum, im Zusammenfall der Entgegensetzungen, findet sich (vielleicht) erst hinter tausend mal tausend Täuschungen, und alles immer auf Widerruf, auf Einschränkung, auf Erweiterung, Glanz und Niedergang wogen durch die Minuten, die Jahrmillionen auf und ab, das Leben ist im Werden und Vergehen, in jenen Dimensionen, die kein Brett vor den Augen haben, atemberaubend schön,

mit dir Zwiesprache zu pflegen in den aufschäumenden Fronten von Wärme und Kälte, in den Ober- und Unterflächenströmen des Atlantiks, in den oszillierenden Diagrammen der Tiefdruckgebiete und Monsunbereiche des Indischen Ozeans, mit dir zu palavern und Quastenflossenfische, Amphibientiere und zoologische Abkurrligkeiten aus der Welt des Paläozoikums mit seinen Wirbeltieren und Drachen innig heiss zu lieben und von Emil Noldes Farbräuschen zu schwärmen, die Welt heute, ja, die Welt heute ist vertrocknetes Ödland, betäubte Angst, Mittelmass, ich höre nur Politiker, die quarren, unverdaubare Experten, deren Naivheit obszön zu nennen ist, Miethlinge von Plattitüden, Leibrockbefrackte aller Ideologien, Stammtischphilosophen, all die Sklaven der Macht, es herrscht das Faustrecht der Dummheit, der Reiche befrisst den Armen, im

Raspelhaus der Impotenz rathfragt niemand, wo die sinfonische Freiheit wäre, allerorten Schleim, erkenne dich, wer du nicht bist, das Heilige ist bebrämt, der Reimfüller wartet auf seinen Orgasmus, Starkgeisterei tobt sich aus in den Offenbarungen, die zu nichts taugen als zur Vergrösserung des Blinden Flecks, ach, die Wehtage sind enorm, die Zierlinge des Rosarots feiern sich selbst, alles zerscheitert in den verfilzten Anfängen, Spulwürmer singen das Gloria in excelsis Deo, der Blutegel lacht, la joie de vivre, auf der Fünfmastbark meines Lebens mit dem voll getakelten Mast turteln Rotschnabeltukane mit Gelbhaubenkakadus, in den Vulkankratern meiner Träume tanzt das Sternbild Walfisch und Schwarze Löcher feiern hemmungslos das Licht,

Edek Lohfink, mein schwieriger Freund aus den Gefilden der Schönen Literatur, hatte einen komplizierten, wahnnahe eingefärbten, von marternden Zweifeln unterhöhlten Charakter, meist war er unausgeglichen, vom Bewusstsein einer metaphysischen Schuld gepeinigt, Edek Lohfink war süchtig nach Leben, es ist keine Schande, süchtig zu sein, süchtig zu sein ist ein Fest, eine Leichtigkeit des Seins, eine Provokation für die moralfaselnde Gesellschaft, ein Ankommen, das die Grenzen der Freiheit erst suchen muss, bei sich selbst, Edek Lohfink erinnerte sich mit Sehnsucht an eine Welt in der Welt, seine eigene kleine Welt erlebte er als nichtig, ein brennender Abgrund (derart war Edeks rätselhafte Wirklichkeit seines Suchens) verführte ihn immer wieder zu bittern Möglichkeiten, gaben ihm Gedanken ein, dieses lange kurze Leben zu erkennen (Edek Lohfinks Gedankenflut war aquatisch, alles gehörte dem Wasser an, den lustgierigen Wolfsfischen, den in zweitausendsechshundert Meter Ozeantiefe wohnenden Langnasenchimären, Gaia und den Schwarzen Löchern als Bauchnabeltropfen eines unbekannten Gotts), in Edeks Auge lauerte das Ungeheuer, sang die Fülle des Sinnlichen, Begriffe und sich wandelnde Überlegungen wurzelten ins Übersinnliche hinein, Edek Lohfink wusste nicht mehr, ob die alte Standuhr bereits wieder eine Stunde geschlagen hatte oder nicht (und wenn überhaupt, welche), Edeks Schmerz verkroch sich in einen Celloklang, das Klavier perlte Einsamkeit, die feinen Striche, die die Welt des Gefühls und der Gedanken trennten, verliefen sich hinter den Wanderdünen des Albtraums, im Kerbtal Nacht lauerte stechfliegenboshafte Angst, aus dem Tonloch giftpilzte moribunde Verzweiflung hervor, Edek Lohfink zündete seine alte Pfeife an, im Drehfauteuil sitzend, zungenkräuselnden Cognac trinkend, und hörte Rossinis belcanteskes Opernmelodrama «Torvaldo e Dorliska», und wiederum schlug düster die alte Standuhr, die Welt der Literatur (des Literatengeschäfts) war Edek Lohfink absolut fremd, die Nacht war eine riesige Krätzmilbe, eine giftig lauernde Afterassel (ein Greif befreundet sich eher mit dem Nichts als mit Zahlen), hatte die alte Standuhr bereits eine nächste Stunde geschlagen?, Edek Lohfink wurde zu einer Wurmschnirkelschnecke, dunkel blieb der Morgen, Edek Lohfink war ein Wüstenmönch, ausgeliefert allen Dämonen, er trank Cognac und rauchte seine Pfeife, hasste alle Sterne, fühlte sich in seiner Einsamkeit rettungslos hemmungslos, er las bei Kohelet, dass zwei besser daran seien als ein einziger, lachte, fürchtete nichts und auf gar keinen Fall einen Gott, dachte an die Liebe, die Lust, Edek Lohfink las, dass alles Nichtigkeit sei (dass der Quellgrund alles Seins Anschauung sei, er lachte), Edek wusste, dass der Abgrund immer nah, in einem sei, dass es nichts gibt, ausser es würde sinnlich ichbezogen auf Tod und Leben erlebt, Edek Lohfink liebte Brustwarzenspitzen, Achselhöhlen, Prinzipienfragen, Fragen der Mystik, der Wesensabsonderung und Abstraktion, er fand das ganze zeitgenössische Erziehungssystem lebendig begraben, lächerlich, antlitzlos, spiessiges Küchenlatein wie Eingemachtes, Eingesottenes, Tiefgekühltes, schlug wiederum eine weitere Stunde? Empedokles dachte die Ewigkeit als letzten Baustein der Welt, ein Mimosensträuchlein liebte das Sonnenlicht (kennst du diese Liebesgeschichte?), in den Baumwipfeln rief ein Glockenvogel, Edek Lohfink sann verstört über das nach, was die Sprache sei, er dachte über Gründe von Schuld und Unschuld nach, er dachte, dass er höchstens das wusste, was ein Mistkäfer auch hätte wissen können, nämlich so viel, dass er nichts wusste, Edek Lohfink lachte düster auf, er fand alles Illusion, es gab nichts zu analysieren, nichts zu diagnostizieren, nichts zu philosophieren, nichts zu registrieren, Leere, Einsamkeit höhnte von fern, von nah, der Abgrund war in ihm, Edek hörte die Glockenschläge der alten Pendüle nicht, sein fiebriger Pulsschlag übertönte seine Wahrnehmungsbefähigung, verirrt, verwirrt, verloren in dieser Nachtstunde, im Blätterfall, im Sandsturm der Zeit und Zeitlosigkeit, im Verschachteln von Angst und Verzweiflung kannte Edek Lohfink sich nicht mehr, erkannte er sich nicht mehr in seinen Wortbildern, alles war längst faserig, schwammig, nicht mehr einsehbar geworden, Edek Lohfink hatte seltsame Gedanken, zum Beispiel dachte er, dass Liebe Liebe verunmögliche oder dass Liebe bloss eine ekelerregende Addition einiger Sekunden Lust sei, einiger blitzschneller Stromschläge von Schleimhautreizungen, die alte Standuhr, diesmal hörte es Edek Lohfink erschreckend genau, schlug unbarmherzig wieder zu, immer weiter zu, Edeks Leben zerrann, lächerlich wie die Vergangenheit, die Gegenwart und die Zukunft, das dunkle Finale des Abgrunds begann, inzwischen sind viele Jahre vergangen, von Edek Lohfink fehlt jede Spur,

eine grosse Langeweile breitete sich im überhitzten Wohnzimmer der Serafina Baku aus, da öffnete sie die Fenster – und eine Eisenbahn fuhr in ihr Zimmer und hielt an, Serafina Baku war nicht überrascht, sondern stieg unverzüglich in die Eisenbahn, diese ruckelte an und fuhr frisch-fröhlich aus dem Zimmer, der Zug hatte bald enorm an Höhe und Geschwindigkeit gewonnen, dorthin zu reisen, wohin die Reisekataloge locken, ist meist erbärmlicher Touristenquatsch, jetzt ging es wohl ganz anderswohin …, feinnervig, die kleinsten Nuancen des Lebens registrierend, so war Serafina Baku, doch das spielte jetzt keine Rolle, sie strich sich eine Haarsträhne aus dem Gesicht und schaute aus dem Zugsfenster, hethitische Löwen zogen vorbei, Antibes grüsste, die irländische Kerry-Ebene versank unter schorfiggrauen Wolken, durch Ktesiphon, die alte Stadt am Tigris südlich von Bagdad, schlichen Hunde, Katzen und Menschen, des Deckenfresko „Der Sieg des Lichtes über die Finsternis" von Giovanni Battista Tiepolo spiegelte sich im rachitischen Himmel, Serafina Baku fühlte sich wohl, dachte an den philosophischen Satz vom zureichenden Grund, dass alles, was ist, einen Grund haben muss, dass es ist oder, heiaho, nicht ist, sie lachte wie ein Glockenspiel über diesen Kausalitätswahn, entdeckte vor dem Zugsfenster bizarre Notenschriften, Ibisvögel, Rosaflamingos und Seidenreiher als Triolen, der Notenschlüssel war eine Spiralgalaxie, groteske Riesenleuchtkäfer und rätselhafte Worte von Sün-tsi, und als der Zug wiederum in Serafina Bakus Zimmer zurückfuhr und dort anhielt, stieg sie aus, Beethovens überirdisch schönes «Benedictus» aus der «Missa Solemnis» im Ohr, sanft fächerte sich die Nacht auf, und Serafina Baku begann zu tanzen,

der Peruaner Xintol lebte in San Jerónimo nahe bei Pucallpa am Rio Ucayali, einem Nebenfluss des Amazonas, es war die Zeit, in der ich, Oleivo, durch alle Weltgegenden bummelte, am liebsten durch Südamerika, ich kam in San Jerónimo an und schlenderte durch die Stadt, an die seufzenden Flussufer des Rio Ucayali, da traf ich ihn, Xintol, und wir kamen ins Gespräch, ich war müde, abgekämpft, mutlos, da sagte Xintol zu mir, „du, komm mit mir, wir machen zusammen eine Flussfahrt, dann kommst du auf frische Gedanken", wir mieteten ein Einmastsegelboot, und los ging es, San Jerónimo lag bereits ein paar Flussstunden hinter uns, am Ufer standen einfache Hütten, seltsame grosse Bäume rauschten vorbei, ein paar prachtvolle Krokodile begleiteten uns, Xintol zupfte seine Gitarre und sang dazu in einer Sprache, die ich nicht verstand, doch die kehlige Stimme, mit der er die Lieder vortrug, bewegte mich sehr, plötzlich legte er seine Gitarre weg und sagte zu mir, „ich weiss, Oleivo, dass du nicht nur Maler bist, sondern auch Gedichte schreibst, lies doch ein paar deiner Gedichte vor" (von wo nur wusste er das?), ich zog einige Papierfetzen hervor und las, „wir wählen / was uns auswählt – / deine Lippen flammen auf / ich lasse alles liegen / folge dir / falle in deine Geheimnisse" – „du liegst nackt vor mir / ein elfenbeinfarbenes Fischlein / ich bin trunken von dir / tauche ein in dein / unruhig pochendes Herz", da stand Xintol auf, setzte sich zu mir und legte seinen Arm um meine Schultern, er wies auf einen Stern, der in der Dämmerung aufflammte, und sagte, „schau, wir sind im Weltall nicht allein" – zwei Jahre später, ich war längstens wieder zu Hause und ging meinen Verpflichtungen nach, bekam ich einen Brief von Xintol, in dem er mir mitteilte, er schreibe nun, dank unserer Begegnung, auch Gedichte, ich las, „die Erleuchtung / ist farblos / in den Sternsegelbooten – / doch zuvor trinken wir / purpurroten Wein" – „Gitarrenfischsandfarben / liegst du nackt neben mir / wir verzaubern uns / stürzen ins Offne / in den Früchten Blumen / Sternen Fischen / im Meeresrauschen des Winds" – ich bin glücklich, am andern Ende der Welt, im peruanischen San Jerónimo, Xintol, einen seelenverwandten Menschen zu haben,

Achatius Irenäus Schnüspelpold notierte Gedanken, Aperçus, schliff Aphorismen, sammelte Geschichtel-chen, sinnierte im barocken Ohrensessel die Welt-geschichte auf und ab, jonglierte Bedenkliches und Nachdenkliches in Annäherungen und Entfernungen zum Ich, zum Du, zum Wir, hielt Einfälle, Geistesblitze,

Schnurpfeifereien, Zermalmungen, Einstellungen, Auffassungen, Glumriges fest, brandmahlte Alberkeiten, klagte kaltsinnige Wehtage, markierte Ungemaches, verunruhigte fragselig Fadennackendes, mein Freund Achatius Irenäus Schnüspelpold hatte so eine Art, alles auf Blättern und Blättchen, auf Sudelfetzen und Kleinstpapiersudelfetzchen festzuhalten, niederzuschreiben, zu verwerfen, zu kombinieren, zu collagieren, zu verknüpfen, zu sammeln, aufzulösen, Sprache zu finden in den Täuschungen hinter den Täuschungen, die Scriptdokumentchen türmten sich auf, verschwanden in den Büchern, die sich an den Wänden entlangklommen, manchmal fuhr auch ein Wind dazwischen, und Achatius Irenäus Schnüspelpold musste die Schreibfetzchenpassagen, die Bruchstückwerkteile und Gedanken, für die alle Papierschnipsel eigentlich zu klein waren, zusammensuchen, einsammeln, ihnen hinterherjagen, es war eine burleske Kosmogonie im Taschenformat, er wollte ein Buch schreiben, schrieb mit schwarzer Tinte in grossen Lettern den Titel „Chimärenerwachen" von Theobald Achatius Irenäus von Schnüspelpold, denn so hiess er mit vollem Namen, er schrieb wie besessen von seinen Grenzüberschreitungen, über sein immerwährendes Sichverwundern über alles und besonders über das, was durch seine Nächte strabanzte und irrlichterte als halb Fisch halb Vogel, halb Mensch halb Löwe, halb Engel halb Amöbe, es waren Prachtstücke von Chimären, die da erwachten, was sich in den Abgründen auftat, was am Horizont blitzte und grollte und polterte und rumste, Achatius Irenäus Schnüspelpold wollte die ganze Welt illuminieren, orchestrieren, ins Wortbild, ins Satzbild als Abbild, Spiegelbild, Widerbild von Welten und Gegenwelten fassen – es war ein wildes Tanzen, Steppen,

Twisten, Scherbeln, Hotten von Gedanken und Gegengedanken, ein wahrhaftigliches Schnüspelpoldern,

ich, Oleivo, war spätabends allein zu Hause und hörte Mozarts Klavierkonzert Nr. 23 in A-Dur, da läutete es an meiner Haustüre, ich ging öffnen und da stand – Wolfgang Amadeus Mozart vor meiner Tür, ich musste wohl völlig bedripst ausgesehen haben, selbst zu grüssen vergass ich, mir hatte es die Sprache total verschlagen: Mozart – persönlich – bei mir!, ich konnte mich nicht fassen, da sagte Mozart, immer noch vor der Tür stehend, „Oleivo, dieses Klavierkonzert, das du da hörst, kenne ich, es ist von mir" – und Wolfgang musste lachen, er lachte und lachte und tänzelte dabei, da musste auch ich lachen, vor lauter Lachen schnaubten und japsten wir wie zwei Verrückte, wir tranken zusammen bereits eine dritte Weinflasche eines alten Bordeaux, da sagte Wolfgang zu mir, „ich komponierte gerade ein Violinkonzert, da kam mir ein Bildband von dir unter die Augen, du betiteltest deine herrlichen farbstürmischen Bilder ‚Die Weltallglocke wummert im Schlaf', ‚Ich bin der Hofastronom des Nichts', ‚Der Tintenfisch schreibt kalligraphisch ein Liebesgedicht', ‚Immer und überall schweigt das Dunkle'" – wir sahen uns an und mussten erneut wie zwei aus dem Rahmen Gefallene haltlos lachen, „‚Hofastronom des Nichts', du bist gut, klingelt ja wie das ‚Allegro assai' meines Klaviertrios Nr. 16", und wir dröhnten beide vor Lachen, „und der Tintenfisch, der kalligraphisch Liebesgedichte schreibt", wir donnerten vor Lachen, „du, Wolfgang", sagte ich, „deine ‚Spatzenmesse' ist herrlich, da hört man den Himmel tschilpen", da wurde Wolfgang ganz ernst, doch ich sagte, „sag nichts, Wolfgang, bei ‚Thamos, König in Ägypten' hast du recht dick aufgetragen, wunderbar, fantastisch!", wir sahen uns an und lachten erneut wie die Wilden, „doch deine Streichquartette, Wolfgang, fächern das Herz weit auf, sind Balsam auf die Wunden der Seele, und dein ‚Regina Coeli in C major' …", „halt ein, Oleivo, wir sind doch alle ‚Hofastronomen des Nichts'",

der grosse Vorlesesaal der Universität war weit über alle Sitzplätze besetzt, auf der Mittel- und auf den Seitentreppen sassen unüberschaubar viele Menschen, an den Wänden standen sie zu Hunderten gedrängt, sie alle kamen zur Abschiedsvorlesung des berühmten Professors; es herrschte Totenstille in diesem überhitzten Saal, als er, der weltbekannte, weltweit gefeierte Germanistik- und Philosophieprofessor eintrat, Siegfried O. von Baberspeck, Baberspeck sprach vierzehn Sprachen, publizierte in fünf Sprachen, an allen Eliteuniversitäten der Welt hat er Gastvorlesungen gehalten, er hatte ein enzyklopädisches Wissen, seine Schlagfertigkeit war gefürchtet, bei den grossen zeitströmenden Disputen zu Welt, Literatur und Philosophie, zu den umfassenden Weltwahrnehmungen in den Brechungen der Politik war Siegfried O. Baberspeck eloquenter Wortführer, und heute, die Stille klirrte in der zum Zerreissen gespannten Vorlesehalle mit den Tausenden von Zuhörern, trat Professor O. von Baberspeck ans Rednerpult, locker, gelöst, ohne Krawatte, ohne Manuskript, „meine herzlich lieben Damen und Herren", begann er – und musste lachen, schallend lachen, „ich weiss nicht, warum Sie gekommen sind, ich weiss nicht, was Sie hören möchten, eigentlich weiss ich gar nicht, was ich sagen möchte" und begann wieder zu lachen, „verzeihen Sie mir, ich weiss, mein Lachen ist gewiss ungebührlich, fehl am Platz, vielleicht wollten Sie etwas hören über die `Diskontinuität der Modernität`", und er schüttelte sich vor Lachen, „vielleicht wollten Sie etwas hören über die `Entpersönlichung in der Literatur seit Baudelaire` oder über die `Heisenbergsche Unsicherheitsrelation in der Bedrohung der pervertierten Macht`", und das Lachen schüttelte ihn, ein Teil der Zuhörer fiel fast in Todesstarre, ein anderer Teil wurde unruhig, räusperte sich, scharrte mit den Füssen, „meine herzlieben Damen und Herren, verzeihen Sie mir nicht, dass ich lache, ich ermuntere Sie auch zu lachen, schauen wir uns um, was sehen wir?, Wichtigtuer, aufgeblasene Wichtlinge, eitle Philosophieheroen, von Preisen überhäufte Grossschriftsteller mit Aschengeschmack oder Goldflitterkram …", und Baberspeck bog sich vor Lachen, „am Ende meines Lebens weiss ich wirklich nicht mehr, als …", und er konnte nicht mehr reden vor Lachen, er lachte haltlos prustend drauflos, man vernahm noch, wie er sagte (es war wie ein Gurgeln), „nehmen Sie Ihr Lachen ernst …", und Tausende von Menschen lachten, und lachend verliess der alte berühmte Professor Siegfried O. von Baberspeck den Vorlesesaal,

es waren knapp dreissig Studentinnen und Studenten im kleinen Vorlesesaal versammelt, die alle schwatzten, gähnten, Energy Drinks schlürften, angekündigt war die Antrittsvorlesung eines jungen Professors der Soziologie; Niels Lohenbruch, so hiess der junge unbekannte Soziologieprofessor, betrat den Vorlesesaal, überflog die kleine Zuhörerschar, die bei seinem Eintritt so tat, als sähe sie ihn nicht, es wurde munter weiter gestikuliert, Niels Lohenbruch trat ans Rednerpult, öffnete einen Energy Drink und trank, „meine Damen und Herren, ich entwickle heute in meiner Antrittsvorlesung meine Aspekte aus der Sozialpsychologie in empirischen Untersuchungen zum Gesellschaftscharakter, ausgehend von Erick Fromm, hinführend zu …", Niels Lohenbruch runzelte die Stirn, da er bemerkte, dass keine Studentin, kein Student ihm zuhörte, „na, wartet nur, ihr Liebenswerten, ich fange anders an", dachte er und zog Kittel und Krawatte aus, er drückte aufs Tonband, das er mitgenommen hatte – laute Hip-Hop-Musik schmetterte auf, und Niels Lohenbruch legte einen atemberaubenden Breakdance hin, augenblicklich wurde es im Auditorium still, alle sahen gebannt dem jungen Soziologieprofessor zu, wie er auf dem Kopf rumwirbelte, Salos vor- und rückwärts schlug, auf bloss einer Hand abgestützt rasende Pirouetten drehte, drei Studenten kamen auf die Bühne und tanzten mit Lohenbruch wilde Breakdance-Figuren, eine Studentin gesellte sich zu ihnen, fiel in den Spagat, überschlug sich, tanzte furios, als das Musikstück zu Ende war, begaben sich die Studentin und die drei Studenten wieder auf ihre Plätze, Niels Lohenbruch trat hinters Rednerpult und dozierte, „die entscheidendsten Probleme unserer Zeit im Sinn von Produktionsmitteln, um Erich Fromm zu zitieren, müssen neu fokussiert und definiert werden –", er drückte erneut aufs Tonband, ein dunkelkehliger Blues ertönte, „wir wollen zuerst miteinander tanzen, kommt!", alle Studentinnen und Studenten und der junge Professor tanzten miteinander, in freien Figuren, einzeln und paarweise, der junge Professor tanzte eng umschlungen mit einer Studentin, da öffnete sich die Türe und der Rektor der Universität trat in den Saal, er stockte, traute seinen Augen und Ohren nicht, sein Unterkiefer fiel herunter, „kommen Sie", sprach ihn Niels Lohenbruch an, tanzen Sie mit, es ist meine Antrittsvorlesung", der Rektor verliess schnurstracks den Saal, der Soziologieprofessor Niels Lohenbruch tanzte mit seinen Studentinnen und Studenten bis weit in die Nacht hinein, denn eine „Antrittsvorlesung" sollte nicht zu kurz sein –

Tobias Dürrenberger war ein passionierter Briefschreiber, eines Nachts schrieb er einen masslos leidenschaftlichen Liebesbrief an die junge Frau, die ein Stockwerk unter ihm wohnte, er kannte diese Frau überhaupt nicht, sah sie bloss drei- oder viermal ganz kurz, als sie ihre Wohnung verliess, eines Nachts, wie gesagt, geriet Tobias Dürrenberger in Brand und schrieb dieser Unbekannten einen vielseitigen Liebesbrief, besang ihre Schönheit, schloss von ihrem gepflegten, distinguierten Äussern auf ihren Charakter, Tobias Dürrenberger berichtete ausschweifend von sich, warum er sie suchte, was er von ihr träumte, seine Liebesrhapsodie artete in eine Raserei aus, er beschwor diese schöne Unbekannte in fiebrig-ekstatischen Bildern, er steckte diesen Brief in ein Kuvert, adressierte ihn, krakelte seinen Absender hin, klebte eine Briefmarke drauf und begab sich zum nahen Briefkasten auf der andern Strassenseite und warf ihn ein, dann legte sich Tobias Dürrenberger ins Bett und schlief tief und fest, am Morgen, als er aufwachte, sagte er sich pochenden Herzens, um Himmels willen, dieser Liebes-brief darf doch die Adressatin nicht erreichen, Tobias begab sich zur 11-Uhr-Leerung des Briefkastens, als der Briefkastenleerer kam, zeigte Tobias Dürrenberger seine Identitätskarte und sagte zu ihm, er müsse den Brief mit seinem Absender unbedingt wieder zurückhaben, da eine Panne eingetreten sei, der Briefträger gab ihm seinen Brief, Tobias Dürrenberger nahm ihn, ging nach Hause und zerriss ihn, in den nächsten Wochen schrieb Tobias Dürrenberger nachts leidenschaftliche Briefe an Unbe-kannte, an Frauen, deren Namen er aus dem Telefonbuch nahm, warf diese Briefe um vier, fünf Uhr morgens in den nahen Briefkasten und fing sie bei der 11-Uhr-Leerung ab, der Briefträger begrüsste Tobias Dürren-berger jedes Mal freundlich mit Namen und händigte ihm seinen Brief aus, letzthin lernte Tobias Dürrenberger eine junge Frau kennen, die er echt mochte und die ihn sehr mochte, er hütete sich, ihr einen Brief zu schreiben,

Lajos, der junge Zigeuner mit seinen ägäisblauen Schuhen, den auberginefarbenen engen Hosen, dem feuerkorallenroten Hemd, das bis zum Bauchnabel weit offen stand und seine Brust zeigte, öffnete die Tür zur Papeterie, er wollte ein Notizbuch kaufen, um seine Lebensgeschichte aufzuschreiben, als er die junge Ver-käuferin sah, stockte sein Atem und er stammelte bloss noch „ääh, ich, oder …", „was wünschen Sie", fragte die Papeterieverkäuferin, „ich heisse Lajos und möchte dich zu einem Spaziergang ans Flussufer einladen", „ich heisse Lizzi und komme sofort, die Chefin soll mir ruhig fristlos kündigen, ich habe es satt, hier rumzusitzen und

alten Schachteln hübsche Scheisskärtchen zu verkaufen",
Hand in Hand verliessen Lajos und Lizzi das Geschäft,
sie waren sich kein bisschen fremd, obwohl sie sich zuvor
noch nie gesehen hatten, „du heisst Lajos, ich liebe diesen
Namen", „du heisst Lizzi, ich liebe diesen Namen", Lizzi
trug schwarze Stöckelschuhe, hatte schwarzrot gepunk-
tete vanillegelbe Strümpfe an, trug ein kurzes, fuchsrotes
Sommerröckchen, das wie das Federkleid eines Topas-
rubinkolibris glitzerte, Lajos und Lizzi spazierten eng
umschlungen am Flussufer, der gute alte Fluss gluckste
und schwafelte munter in die Stille drauflos, Lajos und
Lizzi schwiegen, Lajos spürte, dass es nichts zu sagen
gab, die Dämmerung senkte sich mit Harfenklängen über
den Fluss und das Flussufer, Kassiopeias Lachen war im
Himmel zu hören, eine einsame Gelbbauchunke quakte,
ein privatgelehrter Zipfelfrosch gab seine Erkenntnisse
preis, die Luft sang von den Grossen Sterndolden, „Lizzi,
komm zu mir in meine Baracke am Stadtrand an der
Mündung dieses Flusses", „ja, Lajos, ich möchte zu dir"
– das Licht des Morgens fand Lajos und Lizzi nackt
umschlungen, die aufgehende Sonne wachte über sie –
zwanzig Jahre später: Lajos und Lizzi sind noch nicht
gestorben und lieben sich wie in den ersten Nachtstunden
in der Baracke am Stadtrand an der Mündung des grosses
Flusses und das Meer singt heute noch von der Liebe von
Lajos und Lizzi,

seit vielen Wochen stehe ich, Oleivo, vor einer riesengrossen Leinwand, acht Meter lang, drei Meter hoch, ich
möchte ein Bild malen, besser, ich möchte Welten
einfangen, menschliche und vegetabilische Beziehungen

knüpfen, komponieren, auflösen, die Tagundnacht-
gleiche umkippen, das Licht im Stein umschichten, die
Ruhe des Stroms aufwühlen, Winde aufbrausen lassen,
das Bild könnte vielleicht „Nach dem Sturm" heissen,
doch so weit bin ich noch nicht, noch lange nicht, ich
trage feine Linien Taubnesselgold in die rechte obere
Ecke auf, füge rauhaarige Sumpfstorschnabelstängel an,
schattiere amabile Rotzahndrückerfischumrisse in die
linke untere Ecke, ich muss lachen, mein Gott, was soll
das alles, ich schenke mir Cognac ein, schlürfe ihn presto,
recht so, stopfe meine seesternmattweisse Meerschaum-
pfeife, erinnere mich an die Alchemie der Geometrie, an
die Algebra der Mystik, vielleicht geht es auch um die
Mystik der Algebra, doch dieses Problem will ich hier
nicht erörtern, ich steigere mich zu ringelnden Formen,
wacklig ausgefransten Dreiecken, züngelnde Vielecke
überlagern die schmalbrüstigen Vierecke, ich lasse Noten
triolenselig, trillerentzückt durch die Bildmitte stürmen,
beleuchte diesen nicht absehbaren Sturm mit tanzenden
Gesichtssonnen, hallodiho, das Bild ist noch nicht
erkennbar, wobei ich deutlich sagen will, dass es mir
nicht im Geringsten um Erkennbares geht, es ist nicht
absehbar, wohin alles rast, rauscht, humpelt, das stört
mich nicht, ich liebe das Offene, Nochnichtfestgelegte,
das langsam in sich versponnene Entstehende ist für mich
faszinierend, anstrebenswert, verteidigungswert, das
Vollzugswirksame, o was für eine Amtssprache, dieses
letzte gallige oder rachitische Wort, mag ich nicht, ich
klatsche pastos Turmgemäuergrau neben Mokassin-
braun, für mich ist das ein Fest, obwohl ich die
Verzweiflung in mir rumoren höre, dass ich dieses Bild
vielleicht niemals zu Ende malen kann, doch mich soll
das jetzt im Akt des Schaffens, des Gestaltens, des

Erfindens, der Hervorbringung, des Schätzehebens in den unerforschbaren Tiefen meiner Seele nicht ernsthaft kümmern, ich habe noch viele Farben, es geht mir gut, ich lege ein sternstaubfiligranes Spinnfadennetz über meinen Maskeradenumzug der geometrischen Formen, mute dieser Eingebung ein Karsthöhlenschwarz zu, und, um nicht selbst Angst zu bekommen, pinsle ich wie wild Zitronenfaltergelb da und dorthin, punktiere schelmisch mit Dompfaffrot, nun atme ich auf, ich denke an griechische Fischerdörfer mit ihren kubischen weissen Häusern, unverzüglich trage ich Weiss auf die Leerstellen meiner Leinwand auf, was mir aber nicht sonderlich gefallen will, denn Weiss auf Weiss ist nicht der überzeugendste Malakt, deshalb bereichere ich diese Unerfülltheiten mit dem Blau eines Fünfmastschiffssegels im Gebläse eines ozeanischen Südwinds, wohlan, nun gefällt es mir besser, es fehlt noch das silbrige Geklirre eines Clavicembalos, dem ich natürlich sofort abhelfe, indem ich es hineinkomponiere, mein Cognac ist auch nicht farblos, er glüht in meiner Kehle, blüht in meinem Herzen, ich mische kühn Safrangelb mit Olivengrün, Wanderforellensilber mit Inkakakadukammrot, orchestriere mein Bild lustvoll mit schwellenden Lippenschwingungen, Leistenfurchenlinien, Gesässbackenrundungen, himmlischen Stirnbögen, instrumentiere schlingernd wild drauflos, übersättige meine Farbpalette mit betäubendem Arterienrot und Spiralgalaxienbrand und trage diese Expressionen ex tempore auf meine Leinwand, acht Meter auf drei Meter, auf, ich finde schon noch ein Plätzchen dafür, ich bin schliesslich nicht umsonst Oleivo der Maler, der immer noch einen Zwick herausfindet, wenn andere Maler längst erschöpft aufgegeben und zwack gesagt hätten, so ist das mit mir, ich male weiter,

es war ein banales Missgeschick, ein vergnüglicher Irrtum, die dazu führten, dass ich, Oleivo, in dieser Nacht allein in einem Heissluftballon schwebe, ich war an einem Volksfest, das zu günstigen Tarifen Ballonfahrten anbot, ich scharwenzelte um einen eben mit Gas gefüllten Heissluftballon, stieg unbekümmert in den Mastkorb, löste ein paar Riemen, warf wie zum Spass einen Sandsack weg – und siehe da, ich schwebte elegant in die Höhe, unter mit johlten ein paar Menschen, doch ich sagte mir, was gehen mich diese schreienden Menschen an, sie können mich mit ihrem Gezeter auch nicht mehr herunterholen, ich dachte an keine Komplikationen, Verirrungen und Verwirrungen und an die Folgen meines Leichtsinns, ich gewann ungeahnt enorm an Höhe und fühlte mich einfach schlicht wohl, ich sass auf dem Liegestuhl und hängte die Beine über den Rand meines Mastkorbs, zündete mir eine Pfeife an und dachte vergnügt daran, wie die Menschlein unter mir krakelten und japsten, als ob ich ins Unglück hinaufgondelte, ach, was verstehen die Menschen auf dem Boden schon!, ich schwebte über der Festwirtschaft, die wie üblich nichts als Flitterkram, Berg-und-Tal-Bahnfahrten, Hau-den-Lukas-Macho-Schläge und all die andern eitlen, stümperhaften, stumpfsinnigen Vertrottelungen einer Gesellschaft anbot, einer Gesellschaft, die kaum mehr in der Lage ist, den Schwachsinn, die tölpelhaften massendebilen Dümmlichkeiten ihrer Freizeitvergnügungen zu kaschieren, doch jetzt ist stockdunkle Nacht, ein frisches

Lüftchen weht, meine Gedanken flackern auf, gewinnen an Weite, wer mir vor kurzer Zeit noch befehlen wollte, was ich tun oder lassen müsste, hat hier oben ausgespielt, aus genügender Höhe betrachtet, unterscheiden sich Gelehrte und Kretins kaum, auf dem Boden versteht man im Grunde genommen gar nichts, in meinem Heissluft-ballon in grosser Höhe grüsse ich die entgegen-kommenden Sterne und den nahenden Sonnenaufgang und lache befreit auf,

denken Sie nun nicht, dass ich viel über Silvette verrate, o nein, das fällt mir nicht ein, Silvette war in jenem Sommer, in dem ich das grosse Bild malte, meine Geliebte, ich liebte sie hemmungslos masslos, ich vergass, dass es Farben gibt, wenn sie zu mir kam, wir sprachen wenig über die Malerei, weil wir uns küssten, eng umschlungen tanzten, weil wir uns auszogen und mit den Zungen unsere Körper, unsere Halbinseln, unsere Steil- und Flachhänge erkundeten, wir liessen uns treiben auf den warmen Meeresströmungen, wir erfanden unsere persönlichen, verschlungenen Kartenvermessungen, Sil-vette war ein Kerbtal, ich war ihre Vegetation, lustvoll brandeten meine Flutwellen in ihren äquatorialen Kalmengürtel, wir stürzten im Nimbostratus zusammen, ich verlor mich im Kern des Milchstrassensystems, Silvette fand mich in den chromatischen Tonleitern, wir blieben uns ein Geheimnis, wenn wir uns küssten, wenn wir nackt eng umarmt tanzten, ihre Schenkel waren zwei Hufeisenbogen, ihr Körper war wie eine Barockkirche, ein Klostergebäude, ein Kreuzgangrippengewölbe, Sil-vette war mein Tagpfauenauge, Silvette war meine innig verrückteste Geliebte meines Lebens in jenem Sommer, als ich das grosse Bild malte, ich liebte sie masslos hemmungslos, ich muss mich litaneihaft wiederholen, Silvettte war meine rote Magnolie, meine Tiefseekrebsin, meine weisse Bachstelze, meine intimste Supernova, mehr möchte ich nicht verraten, ausser noch, auch Maler sind geschwätzig, einmal, es war auch in jenem Sommer, als ich das grosse Bild malte, fuhren Silvette und ich in die provenzalische Auberge „Le Soleil" in den Alpilles und liebten uns dort mehrere Tage und Nächte ununterbrochen, es war Ekstase, Leben, Lust, Höllensturz, Himmelbruch, Wetterleuchten, Steppenzonensturm, Schauerniederschlagsfront, ach, wozu mehr mitteilen, Silvette war viel mehr, ihre Backenknochen stützten das Weltall, ihre Taille, ihre Brüste, ihre Scham waren Elemente der Atmosphäre, ihre Stirn berührte Kassiopeia, ihre Brustwarzen waren Sommersonnenwendepunkte, doch jetzt habe ich gewiss zu viel von Silvette verraten, obwohl ich das nicht wollte, Silvette war ein Orionnebel, eine Blütentraube, eine Waldohreule, sie war alles das und turbulent viel mehr, wenn sie zu mir kam, sich auszog, sich über mich warf, ich mich auszog und mich über sie warf, sie war ein Sapphokolibri, ich war ihr Rotschnabeltukan, wir turtelten und schnäbelten und fingerten, wir umschlangen uns wie brennende Lianen, wie gefiederte Blätter, wir purzelten über uns wie übermütige Rübenaaskäfer, der Phallus zuckte, ich küsste ihr den Rücken, ihre Zwillingsbrusthügel, wir beteten uns an, in der Schenkelbeuge fanden sich die Zungen, Holzblasinstrumente zwirbelten, die türkische Trommel dröhnte, in der Harfe tanzten Götter und Göttinnen, ein Banjo tönte auf, Silvette spielte mit meinen Rumbakugeln, im Resonanzraum feixten Dämonen, ein

Matrosenklavier zerriss die Nacht, nein und nochmals nein, mehr verrate ich über Silvette nicht,

Oleivo ging an eine Lyrikpreisverleihung, der Laudator Erfred O. Ochsenhorn blubberte in den fettigsten Worten über die Salonlyrikerin Gurhilde Schwammfuss, in den höchsten schmachtenden Tönen pries er die reimende Einfühlsamkeit der wogenden Wortdame, „Schmuck und Zier unserer Stadt, nur unsere allergrossartige Lyrikerin Gurhilde Schwammfuss sei fähig, das zu leisten, was sie halt so geleistet habe, man beachte ihr zäuselndes Klingeln und Singeln, ihr zeitentlarvendes Scheppern, ja, unsere Schwammfuss nimmt kein Blatt vor den Mund", der kecke Laudator bewunderte den überblickbaren Mokkatässchenhorizont der feschen Dame, „der hier zu würdigende Lyrikband ‚Das schöne Ach'", steigerte sich Ochsenhorn, „enthülle, nein, kredenze Reimereien, die es mühelos mit den uferlosen Reizen unserer Bewunderten aufzunehmen fähig imstande sind", Oleivo verliess den plüschsamtenen Provinzkunsttempel, zottelte miss-vergnügt in seine Stammtischkneipe „Zum krummen Unhold", wo er, wie er hoffte, durchaus Menschen anzutreffen wagte, wie er sie liebte, Menschen, die nicht jedem kleinstadtdussligen Kunstschwachsinn auf den Leim krochen, im „Krummen Unhold" traf Oleivo Maria, die Spanierin mit den langen höllenschwarzen Haaren, ihre Finger hielten eine flämmelnde Zigarette, Maria war bereits etwas weinbezirzt, sie lachte exquisit, als sie Oleivo in den „Unhold" eintreten sah, „ha, du grüne Nuss, kommst du auch noch, komm, setz dich zu mir", Oleivo lachte, setzte sich zu Maria, „ich war heute an

einer Lyrikpreisvergabe an Gurhilde Schwammfuss",
teilte Oleivo ungefragt mit, „es war ein Hohn, die
Honorozzerosse, Honoratoren, Horrorplagiatoren, die
ganze Kulturschickeriamafia war anwesend, sie klopften
sich ehrfurchtrülpsend gegenseitig auf die Schenkel,
guckten der drallen Gurhilde Schwammfuss zielstrebig in
den tief dekolletierten Busen, alle waren in Bestform, alle
gaben sich lüstern auf ‚Das schöne Ach', dieser Mief
kotzte mich an", „nimm es nicht tragisch", lachte Maria
wie eine vergessene Göttin, „so ist halt mal das Leben in
der Provinz, sie feiern sich, zelebrieren sich, bis sie tot
umfallen, immer nur sich selbst",

mein Freund Amru war ein vollendeter Künstler im
Nichtstun, er liebte den sich bis zum Himmel wölbenden
Müssiggang, er lobte die Narretei, bewunderte den
Unfug, Amru hatte einen starken, seltsamen Charakter,
einesteils schroff und schluchtig, seesterngezackt, gleichzeitig sehr sanft und quellfrisch einfühlsam, seidel-
bastduftend, ich, Oleivo, begriff ihn sehr gut, ich fand ihn
äusserst liebenswert, wenn er davon sprach, dass alles
vergebens sei, dass nichts der Mühe wert sei, er reiste am
liebsten durch Indien, hielt sich vornehmlich in
Ahmedabad oder Bengaluru auf, ohne dass dies ihm
sonderlich zusagte, Amru sass stundenlang am Fluss
Godavari, schaute den ziehenden Vögeln nach oder den
Krokodilen, ihm gefiel das, weil er dazu nichts zu leisten
genötigt war, das Land, die Berge, die Städte, die Flüsse,
die Wolken, die Menschen, Siddharta, alles war da in
verschwenderischer Überzahl, es hätte Amrus nicht
benötigt und dafür war er dankbar, sich selbst überflüssig

zu fühlen war Amrus Lieblingsgefühl, Amru atmete tief auf, wenn die Welt keine Notiz von ihm nahm, wenn ihn niemand sah, doch es wäre falsch zu glauben, dass mein Freund Amru ein Misanthrop gewesen sei, o nein, Amru liebte sehr vieles, liebte das Unbekannte, liebte die reichen heissen Stunden des Tags, die brennenden Stunden der Nacht, Amru liebte die Menschen, er war verliebt ins Leben, er verwarf aber die Hände, wenn es jemandem in den Sinn gekommen wäre, dass er hätte etwas tun sollen, er wollte nichts tun, er versuchte einfach zu *sein,* er spürte gern seinen eigenen Atem im Hafen von Santa Cruz Huatuko, in Maseru oder Zaragoza, Samara oder Alwar, die Kontinente, die Städte nannten sich stets abenteuerlich anders, Amru, mein Freund, blieb sich allerorten gleich, sich selbst, wo er auch war, er tat nichts, er lebte sich, er war sich nah, er war sich auch ein bisschen fern, eine Winzigkeit fremd, da hatten die Erdteile, die Subkontinente, die Meere, Küsten, Wüsten, Häuser und Strassen keinen Einfluss, Amru war in seiner eigenen nah benachbarten Indolenz für viele Menschen weitab, ich verstand ihn sehr gut, Amru brauchte keine äussern Einflüsse, da alles in seinem Innern war, ich, Oleivo, liebte Amru sehr, ich liebte sein versponnenes Wesen, das aber nicht verschlossen war, sondern auf impulsive Art offen für alles, ich liebte seine stürmischen Antworten, sein luftiges Schweigen, ich, Oleivo, habe etwas Ähnliches noch nie erlebt, Amru war fasziniert von der Welt, er hielt eindrücklich ausdrücklich daran fest, auf die äussern Staffagen, morphologischen Kennzeichen nichts tun zu müssen, nicht reagieren zu müssen, weder in einem bestaunenden Oh und Hui noch in einem ablehnenden Ach und Weh, nein, für Amru war die Welt *Welt,* nicht mehr, nicht weniger, Amru dachte, dass das

Handeln moralisch fragwürdig sei, dass das Nicht-
handeln eine existenzielle Komponente sei, eigen-
verantwortlich integer, jede Tat ist in Gefahr zur Untat zu
werden, da ist es besser nichts zu tun, Amru war sich
bewusst, dass er falsch liegen könnte, er nahm dieses
Risiko auf sich, Amru war eben Amru, mein Freund, der
der Überzeugung war, dass der Kosmos auch nichts tat
ausser zu *sein* und dass er, Amru, das kleine Nichts, auch
ein kleiner Kosmos sei, sich selbst genügend im grossen
Ungenügsamen des Grenzenlosen, dass es falsch wäre zu
handeln im Klingeln des Winds, im gurgelnden Rauschen
des Flusses, im Luftsirren der kleinen und grossen Vögel,
im Nachdenfliegenschnappen der Frösche, Amru plä-
dierte für das Überflüssige, Entbehrliche, Verzichtbare,
Amru formulierte kein Credo, Amru war Amru, ein
Mensch, der die leidenschaftliche Flamme des Lebens
liebte, manchmal sang Amru in einer Sprache, die ich,
Oleivo, noch nie gehört habe, diese Sprache ergriff mich,
auch wenn ich, Oleivo, sie nicht verstand, Amru wurde
mir ein Mysterium, eine unfassbare Einfachheit, eine fein
ziselierte Klarheit, ich begriff zögernd, dass Amrus
Nichtstun etwas vom Besten war, das es auf der Welt gab,

es war in jenem Sommer, als ich, Oleivo, verkantet
verzweifelt war, nichts wollte mir gelingen, an nichts
hatte ich Freude, alles erschien mir schal, monoton,
stumpfsinnig, abgestanden, die leeren Weinflaschen
lagen im Atelier rum, ich hatte kein Geld für Farbtuben,
die Welt ödete mich schorfig an, ich fühlte mich wie eine
gejagte Biberratte, ich glaubte, dass alle Bongos, alle
Tsetsefliegen, Runkelrüben, Felsterrassen mich verhöhn-

ten, ich wagte keinen Schritt mehr aus meinem Atelier zu gehen, ich kapselte mich in meinem seelischen Trockendock ein, ich fühlte mich geliefert, meine Fantasie war eine Mumie, Lebensangst dominierte, meine Gedanken kamen nicht über den Ruinenschutt hinaus, als es an meiner Ateliertüre klopfte, ich war sehr verstimmt, öffnete missmutig, da stand eine junge Frau vor mir und sagte „hallo, ich bin Fiorella, ich möchte dich besuchen", ich war völlig bedeppert, stotterte, „muss das sein?", doch ich winkte sie hinein, ich sagte, „wir kennen uns ja gar nicht", da lachte sie, und dieses Waldhyazinthen-lachen fiel tief in mich, sie erkannte offenbar sofort, dass ich auf den Hund gekommen war, dass ich aus Geldmangel keine Farbtuben mehr hatte, sie strich mir mit ihren sparrig verzweigten feingliedrigen Fingern über meine Haare und sagte, „Oleivo, ich bringe dir morgen Farbtuben en masse, damit du dich wieder findest, damit du dich wieder suchst, damit du wieder nach Herzenslust malen kannst, doch heute Nacht wollen wir uns kennen lernen in den nächsten Stunden, wir wollen zusammen Wein trinken, lachen, über alles reden, zusammen schweigen, uns lieben, gerade so, wie du willst, ich will deine Bilder sehen, ich will dich sehen, ich sah einen Bericht in der Kunstzeitschrift ‚Prägungen' über dich, da kamst du ganz ordentlich gut weg, doch ich sah zugleich sofort, dass du in deiner Art eigensinnig unvergleichbar bist, deshalb besuche ich dich jetzt in deinem Atelier, schenke mir bitte nochmals Wein ein", dabei zündete sie sich eine Zigarette an, räkelte sich im Fauteuil, mir wurde endlich warm, ich sah ihre formvollendete Schlankheit, sie war schön wie eine Erdorchidee, flaumig wie eine Baumwollsamenwolke, ihre Brüste wogten wie ein noch unentdecktes Meer, es überfiel mich und ich nahm ihre

mäandernde Hand in meine Hand und küsste sie
stürmisch, da sagte Fiorella wie aus einem andern Zeit-
alter, „nimm mich", ich war zuerst irritiert verständ-
nislos, wusste in meiner weltunerfahrenen naiven Art
nicht, was sie meinte, ich lächelte, tischte Oliven und
Feta auf, schenkte uns Wein ein und dann setzte ich mich
zu Fiorella, streichelte ihre Brüste, ihre Hand glitt in
meine Hosen, ich zog Fiorella langsam aus, sie lachte,
kugelte ihren Körper über mich, ich vergass, dass ich
Oleivo der Maler bin, meine Zunge entdeckte ihre stru-
delnde Nacktheit, wir stöhnten vor Lust, es wurde wilder
und wilder, das Nördliche und das Südliche Eismeer
begrüssten sich, Leuchtfeuer blinkten, Gletscherspalten
taten sich auf, Kernspaltungen wurden unkontrolliert, wir
küssten uns wie irr, das Wüstentamburin steigerte sich zu
einem Wirbel, die Maracas trommelten, die Mandoline
vereinigte sich mit Kassiopeia, das Kontrafagott fiel in
einen hundertjährigen Schlaf, Fiorella erhitzte mich mehr
und mehr, wir lachten, wir weinten, der Morgen war noch
sehr fern, wir stürzten uns erneut übereinander, wir
umschlangen uns wie im Fieber, derweilen blieben meine
Bilder unvollendet, was mir, Oleivo, völlig egal war, da
mich Fiorella koste, umarmte, ich betete ihren
Venushügel an, ihre Lippen, ihre Augenbrauen, ihre
Schenkel, ihren Rücken, Fiorella begegnete mir als eine
Sinfonie, als ein Psalm, ein Blütenzweig, ein Schlangen-
sterngebeinel, ich liebte ihre lasziven Gebetsnischen,
ihren Pagodenkörper, ihr Stalaktitengewölbe, ihren
Schulterbogen, ihre Einsturztrichter, Fiorella liebte mich
wie tausend Wasserfälle, ich liebte sie nicht enden
wollend, ich leckte ihren nackten Körper, die Schöpfung
stürzte aus ihren Bahnen,

die verflixt-vertrackte grosse Leinwand, acht Meter auf drei Meter, die ich lange verwüstete Nächte verfluchte, wurde mir wiederum ein Objekt der Begierde, eine offene Möglichkeit, ich mischte Farben, die mir Fiorella geschenkt hatte, miteinander, untereinander, ineinander, sinnierte über die Harmonien und Disharmonien der Muränen an felsigen Küsten oder in Korallenbänken nach, dachte an überschwängliche Gelbe Krötenfische, pinselte Kugelfischkopfflossen auf meine Leinwand, und da ich sah, dass mein grosses Bild aus den Fugen zu geraten drohte, weil die für den Betrachter notwendige Einheit fehlte, entschloss ich mich kurzerhand, mich an die Vorsokratiker zu erinnern, an ihre Kosmogonien, an die Urgründe und Elemente der Prinzipien des Seins, wobei ich aber entsetzt feststellen musste, dass ich dafür keine Farben hatte, ich war völlig ratlos, wie ich das mit Farben umzusetzen im Stande sein sollte, deshalb verwarf ich dieses Panorama, doch es war für mich, Oleivo, nicht ausweglos, ich musste mich einfach in eine neue Verrücktheit werfen, und die fand ich, es erstaunte mich nicht, in mir selbst, ich tauchte tief in mich hinunter und fand Schätze, von denen ich niemals zu träumen gewagt hätte, ein basalthaltiges Grau, ein schiffbares Blau, ein sturmflutwellendes Gischten, ein monoton monolithisches Schwarz und ein synkopenhelles Gingko-blätterrauschen, ich pinselte flugs alles auf meine Lein-wand, ich fand genügend Platz, es verursachte mir auch kein Graupelschauern, wenn ich etwas übermalte, denn Vergangenes zählte nicht, nur die nackte Gegenwart mit ihren Gewissheiten und Irrtümern interessierte mich, Eingerahmtes lehnte ich ab, selbst ein gigantisches Bild von acht auf drei Meter konnte nur ein Ausschnitt, ein Gucklochkastenbild, ein Kaleidoskop sein, auch das grösste Bild wäre keine Entsprechung für das Ganze, doch ich konnte und wollte mich mit diesen Philosophierereien nicht ernsthaft beschäftigen, deshalb malte ich einfach wild drauflos, beherrschte mich im Masslosen, in den Wassserflohlarven, fühlte mich der Schöpfung nahe, ich spürte, dass ich mir nahe sei in den Vagheiten der Farbentlaubungen, in den flössbaren Ganglien, ich malte und malte, ich wusste nicht wie, und als der Morgen durchs Dachfenster hineinlugte, wurde mir erstaunlicherweise gewahr, dass das grosse Bild, acht Meter auf drei Meter, ich war noch nie derart überwältigt, in seiner Unvollendbarkeit beendet war,

als ich, Oleivo, älter und älter wurde, passierte es mir, dass ich wider Erwarten, wirklich durch und durch unerhofft, die versunkene Stadt Oleivo bei Ombos fand, ich wurde reisefreudiger, unternehmungslustiger, neugieriger, liebesoffener auf die unüberblickbaren vielen Welten in der Welt, auf die sich wie Schlangen windenden Bäche und Flüsse und Luft- und Wasserströme, auf Steil- und Flachküsten, Wüsten und Urwälder, Feuerschwämme, artesische Brunnen, Nachtschatten- und Wolfsmilchgewächse, Kriechblumen, gotische Giebelfenster, romanische Ornamente, barocke Kreuzrippengewölbe, die stufenförmigen Grabhügel in Arabien, Reisfelder in Indochina, den babylonischen Zikkurat, die Welten in der Welt verschachtelten, übertürmten, schichteten sich in mir um, vereinigten sich zu einem Bild, lösten sich ins Bildlose auf, ich, Oleivo der Maler, hielt mich gern in der versunkenen Stadt Oleivo bei Ombos auf, ich war nie sicher, wie die Welten der

Welt in mir wirkten, was mich aber ganz munter machte, denn ich liebte das unabsehbare Geschiebe, die Wolkentänze, die Fisch- und Vogelzüge, die alchemistischen Goldgewinnungen, die Ubiquität des sich stets wandelnden Seins, die fantastische Mythologie der Griechen mit ihren wimmelnden, wuselnden Götter-, Menschen- und Heroengeschichten, ich liebte kubistische in der Luft umhertingelnde Triangel, chinesische Schattenspiele mit Musik und Gesang und Tanz und Wein, ich liebte bunte, vielfarbige Feste, liebte das Leben, liebte die fernsten Welten der Welt in meinen Seelennachthöhlen, da ich, Oleivo der Maler, endlich die Stadt Oleivo bei Ombos *in mir* gefunden hatte,

ich, Oleivo der Maler, habe in meinem Leben viel erreicht und noch mehr verloren, so dass ich ganz leicht wurde, ich hatte die troglodytisch steinewerfende Zeit, die schwere Fässer wälzende Slavenarbeit hinter mir, ich war einstmalen ein bisschen berühmt, ich erinnere mich an meine Retrospektive in St. Petersburg, was, äusserlich gesehen, gesellschaftsgewichtet eingeordnet, wohl der Höhepunkt meiner Malerkarriere war, jaja, sie war schön, ergreifend, imponierte mir selbst auch nicht ganz ungefällig, als ich schier meine ganze malerische Lebensleistung in diesen pompösen, prunkvollen Kunsthallen auf mich einwirken liess, dennoch, dies ist bei mir unveränderlich so, irgendwie war es noch schöner, ergreifender, imponierender, als die Gesamtschau meiner Bilder zu Ende war, ich wieder untertauchen konnte in die versunkene Stadt Oleivo bei Ombos, denn dort entdeckte ich pausenlos neue Schätze, Welten in der

Welt, die noch niemand kannte, niemand gesehen hatte, von denen noch niemand je gehört hatte, das war es, was mich in meinen späten Lebensjahren interessierte, was mich, ich gestehe es keck verspielt, jünger machte, meine Lebenslust wurde stärker und stärker, und, da ich, weil ich viel verlor, wesentlich leichter geworden war gegenüber meinen frühen Lebensjahren, erschien es mir so, als begänne mein Leben in meinen späten Lebensjahren neu, denn alle Regeln, Erkenntnisse und Erfahrungen, mit denen ich mich dummerweise beladen hatte, warf ich ohne zu zögern über Bord, um erleichterte freie Fahrt zu bekommen, freie Fahrt zu neuen Küsten, noch nie erlebte offene Grenzenlosigkeiten, um die subtropischen Rossbreiten in mir zu finden, mich aufzuschwingen in die Wolkenfetzen unterhalb des Nimbostratus, die Notenschlüssel der Zugvögel zu entdecken, die Schöpfungsgeschichte hatte erst begonnen, nichts war ein für alle Mal zu Ende, Felsen wurden mir transparent für das Dahinterliegende, ich hörte die Harmonien der Geister über den Wassern, mir wurde das leichte Leben mehr und mehr zu Licht, Gesang, Farbekstasen, eine Einheit von Elementen, Pflanzen, Tieren, Menschen, Ideen, Weltallkörpern, alles tanzte vor mir, tanzte in mir, alles war Liebe und Gesang, Raum und Zeit wurden mir fragwürdig, es galten nur noch die Selbstevidenzen der unzählig vielen Wirklichkeiten und Werte, ein jeder Zweck für oder gegen etwas wurde hinfällig, überflüssig, meine Bilder wurden erfrischend hell, ich malte sparsam knappe Zeichen der Andeutungen, der Verwandlungen auf die Leinwand, es zählte nur noch die Freiheit der kühnen Komposition, nichts mehr lag im Widerstreit der Notwendigkeit, es gab kein Damoklesschwert der Verhängnisse mehr, ich bewegte mich in ganz andern

Zusammenhängen und Zusammenhanglosigkeiten, ich genoss meine neue Leichtigkeit, meine Inspiration kreiste um Momente, Augenblicke, Entsprechungen, wo Lichtlinien Dunkelheiten abgrenzten, Seelenflecken aufflackerten, Erhöhungen und Vertiefungen mit Hohlräumen und Füllräumen in Zwiesprache waren, Figurationen wurden freie Formationen, Ordnungen gab es nur unter Punkten und sich auflösenden Zusammensetzungen, der Rhythmus der Stimmungswerte, die Proportionen der Verbindungsmöglichkeiten wurden mir wichtig, wenn Blitze und Donner den Himmel aufrissen, wenn Regen und Meeresgischt sich vereinigten, wenn Winde sich zur Ruhe setzten oder zum Sturm sich erzürnten, ich hatte keine Konzeptionen mehr, ich spürte den Melodien der Farben nach, Kubismus und Orphismus waren mir erregend nah, ich entbrannte leidenschaftlich für meine neuen sinnlichen und geistigen luftigen Gestaltungen, ich musste nicht wissen, wohin mich diese Bewegungen führten, ich war absolut ideologiefrei, ich malte wie ein Oleanderschwärmer, eine jede Form konnte mir zu einem Gesicht werden, ich löste Diagonalen und Horizontalen vergnügt ins Flächige auf, Plastisches wurde mir schummrig, Abstraktes ein Environment, Mauern fielen zusammen, das Detail suchte die Ausgewogenheit, meine Bildtitel näherten sich der Perlenstickerei, Blumen waren Tänzerinnen, Tränen funkelten wie Sterne, ich dachte, dass die Wesenheit des Einen die Wahrheit des Vielen sei, doch ich liess mich denkerisch nicht auf die Äste hinaus, ich mischte meine Farben, pinselte fern jeder Historie meine kleinen Kosmogonien, Himmel und Erde und Götter und Seidenschnäpper schauten mir über die Schulter, wenn ich die Farben mischte, die weltenwirbelnden

Baumaterialien auf die Leinwand warf, es war ein Fest der Farben, der Formen, ein Fest meines neuen leichten späten Lebens,

mit meiner sylphidenhaften Malerfreundin Sybilla teilte ich in meinem frühen Leben jahrelang das Malatelier, sie war als Mensch eine Archäologin der sensiblen Verschwiegenheiten, als Malerin eine Meisterin des Hingetuschten, der kammermusikalischen Reife, ich, der junge Maler Oleivo, suchte immer noch meine Malsprache, sie, Sybilla, entfaltete sich in ihrer überwältigenden Reife, sie lachte betörend, wenn man sie auf ihre Vollkommenheit ansprach, winkte mit einer griemelnden Handbewegung ab, wenn man sie lobte, Lob und Anerkennung ihres Malens interessierten sie nicht, sie lebte wie ausserhalb aller Koordinatensysteme, Codifizierungen waren ihr fremd, ich erinnere mich sehr gut, als sie eines Nachts sagte, du, Oleivo, ich habe wiederum ein Bild gemalt, schau es dir an, ich schaute es mir an und war erschlagen, denn ich sah die von einem Genie ungewöhnlich umgesetzten Wahrnehmungen, ausgedrückt mit drei, vier Farben, nahe am Tonalen, mehr noch am Atonalen, Akkorde, die sich dem Grenzenlosen zuneigten, dem letzten Hauch, fernab allem Düsteren, tanzende Linien und Umrisse, Dekorationen vermeidend, dem Symbol sich nähernd, eine vollkommene Leere ruhte sich aus in einem Bambus, der Himmel schien von einem Flügelschlag eines Vogels zu zittern, das Universum strahlte als Edelstein in einer schwebenden Hand, es war wie in einem Teehaus der Erweckungen, man wusste nicht mehr, ob man träumte, weil alles so klar und gleichzeitig unabsehbar war, es gab keine Grenzen mehr, nur in sich ruhende Abstufungen, man beachtete den Bilderrahmen nicht mehr, weil alles ins Grenzenlose sich ausdehnte, Harfenfeines sirrte, die Formverbindungen und Motive sich gegenseitig ergänzten und auflösten, das Statische dynamisch wurde, geometrische Abgründe sich öffneten, alles war eigenständig sich selbst und in Relation zu den Farben, Formen, Figurationen, Spannungen, erotischen Annäherungen, Überflüssiges wurde verworfen, tektonische Gliederungen wurden flüchtig beleuchtet, Sybilla brauchte keine Sensationen, alles blieb angetönt vieldeutig, die Ebenen überlagerten sich, das Einfache entpuppte sich als das Vielfältige, es gab keine Zuordnungen mehr, die Elemente fügten sich ungefragt zusammen, es verwandelte sich alles, das gallertartige Fremde war keine poetische Bedrohung, sondern ein inniger Ruf nach Liebe, kristallin offen geworden, ein Sichtbares im Unsichtbaren – als Sybilla, die grosse Malerin und meine Freundin, in eine ferne Stadt zog, vermisste ich sie, litt ich sehr, weinte lange,

Florianna und Leila liebten sich so, wie ein Sturm die Überschwemmung liebt, sie lebten seit Jahren zusammen, doch es war nicht derart, dass sie alles miteinander machten, nein, sie liebten es, sich Freiheiten zu schenken, sie schenkten sich unbefahrene Flüsse, unentdeckte Vogelzugbahnen, auffrischende Winde, kühle Säulengänge, bergforellenhüpfende Tanzschritte, wenn Florianna und Leila zusammen lachten, kuschelten, hatten sie sich sprudelnd viel Neues zu erzählen, Florianna war Querflötenspielerin, Leila Beraterin für eine internationale Kunstgalerie, Kunst war für beide das bestimmende Lebenszentrum, ihr ganzes Leben entfaltete sich rund um die Kunst, wenn es um ein anmutiges Konzert von Domenico Cimarosa, eine griechische oder chinesische Vase ging, entbrannten beide für ihre einzigartige Leidenschaft, schwärmten von den Fächer- oder Netzgewölben der Musik oder der Antiquitäten, von den Voluten der Notenschrift, den Portalfiguren der Tempel, sie tauschten ihr Wissen aus, umarmten sich wie ein babylonischer Fries, ihr Lachen schwang sich weit aus in den von Elfenbeintasten angeschlagenen Saiten der Sonne, ihr Leben winkte dem kobaltblauen Himmel zu als ein stets beginnendes Fest, sie fühlten sich in einem kosmischen Geigenkörper, die Sterne purzelten aus dem Clavicembalo der Nacht, ihre Lippen waren Notenlinien, ihre Brüste Rocailles, ihre Stirne gotische Bogenfelder oder geflügelte Sonnenscheiben, ihre Gedanken entsprangen einem klaren monoklinen Prisma der Geistigkeit, der Unbeschwertheit, wenn Florianna und Leila beim Kerzenschein schwiegen, tanzten liebenswerte Kobolde und neckisch-schelmische Wichtel vor ihren glühenden Augen auf und ab, es gab nichts Böses in ihrem Umkreis,

mit meinem so anders gearteten jungen schlanken Freund Nyamtumbo vom Fluss Muhuwesi verstand ich mich einmalig gut, er entpuppte sich als ein Meister des Fischfangs, er war ein grossartiger Wirbler der Bongos, es war ein entzückendes Erlebnis, ihm zuzuschauen, wie er auf Bäume kletterte, seinem fremdartigen Gesang zu lauschen, er lachte wie ein satyrhafter Gott, sein Lachen kam aus einer höhlendunklen Tiefe und verschwand in den Ästen eines Mammutbaums, ich, Oleivo, fand es wunderschön, Hand in Hand mit Nyamtumbo durch seltsam raunende, rätselhaft verwinkelte afrikanische Stadtgässchen zu bummeln,

kaum jemand sah so viel wie die blinde Dürlitze, Dürlitze hiess eigentlich Lella, doch sie mochte diesen Namen nicht, deshalb nannte sie sich als Künstlerin Dürlitze, schliesslich war sie eine Malerin, sie dachte an die Herlitze mit ihren büschligen Dolden und roten Beeren, mit ihren bogennervigen Blättern, an die Verwilderungen in Auwäldern und an Flussufern, es war toll, all das zu wissen, doch es war natürlich noch toller, nichts zu wissen, einfach zu malen, so dachte Dürlitze, ich, Oleivo, liebte Dürlitzes sich windende Seele, ihre sphärenleichte doldentraubige Kunst, Dürlitze malte Wasseradern, die sich durch die seltsamsten Gegenden schlängelten, nur sie verstand es weltweit, den maulbeerfarbenen Nachtigallengesang zu malen, weil sie blind war, sah sie mehr als die Sehenden, sie tauchte ins Feuer des Erdinnern, fand die tiefen Schichten hinter der Oberfläche, sie liess sich durch nichts täuschen und dort, wo andere Maler ans Ende des Darstellbaren kamen, entfaltete sich ihr ein Anfang,

ausgerüstet mit vielen Farbtuben, eingedeckt mit vanille- und mangosüssem Pfeifentabak, Châteuneuf-du-Pape und erlesenem Cognac, schloss ich, Oleivo, mich in mein

Atelier ein, da ich wiederum ein grosses Bild malen wollte, ich stellte das Telefon und die Haustürglocke ab, ich musste mich konzentrieren, mich ungestört sammeln, es war fast ein mystischer Akt, ich mischte meine Farbtuben, ich kam zu den seltsamsten Mischfarben, entdeckte zu meinem Erstaunen die Farben des Arfak-Gelbwangenvogels, die Goldflecken des Feuersalamanders, die Farbzeichnung des Sherrysalmers, doch da ich mich dem Sein als der sinnlichen Gegenwärtigkeit in einem Zeitlos-Abstrakten malend nähern wollte, einer alle Grenzen transzendierenden Äquivozität, wo alle ontologische Differenz wegfällt, mied ich es natürlich, die Natur in ihrer uranfänglichen und fortdauernden Geschöpflichkeit organisch-animalisch getreu aufzuspüren, nein, das war nicht mein Metier, meine Intuition, ich, Oleivo, war Maler und kein Philosoph, der Gesamtgeist einer Kultur bedeutete mir nichts, das Einzelseiende in seiner kurrligen Einzigkeit stellte ich über alles Objektive, die allgemeinen Wesensbilder verachtete ich, deshalb pinselte ich unverzagt meine apokryphen anti-intelligiblen Monologe und Dramen auf meine Leinwand, meine fantastischen Lyrizismen, ich musste niemandem gefallen, ich entdeckte eine berauschende Leichtigkeit in der unanfechtbaren Freiheit meines Künstlerindividuums, ich begann wie irr zu singen, mischte meine Farbtuben, entwarf und verwarf, malte und übermalte, punktierte und schraffierte, stellte Nacktes bekleidet und Bekleidetes nackt dar, in der Zerrüttung, im Zusammenbruch, ich sage das munter respektlos aus der Unanfechtbarkeit des Einfachen heraus, aufersteht der Mensch in seiner Grösse, Natur und Fantasie vermählen sich im Untergang, Dumpfes wird hell in der Leidenschaft, die flächige Raumwirklichkeit öffnet sich, schliesst sich, was soll's, Dunkelheiten, Helligkeiten stürzen ineinander, Vertikalen und Horizontalen tanzen miteinander, die Harmonien werden nicht komplexer, sondern ästhetisch-sensibel einfacher, die Farbmagie findet sich in den Arabesken der Lust, Rimbauds „Trunkenes Schiff" wird von Wellen der Dunkelheit umschmiegt, das Nichts wird zur suggestiven Form, Vereinsamung und Angst sind nicht farb- und formlos, sie drängen ins Bild, was mir nicht behagt, denn ich, Oleivo, bin ein Maler der Lustverzückungen, der Liebesraserei, der Nachtekstasen, der sinnlichen Abstrakheiten, auch wenn ich viel denke, zum Beispiel von der prästabilisierten Harmonie, dem vorherbestimmten Einklang, wobei ich lachen muss, denn es ist alles anders, das Leben ist eine permanente Selbstgestaltung und Selbstwiderrufung mit nicht voraussehbaren Eigengesetzlichkeiten, ich lebe nur durch meine Kunst, mit meinen Farben und Formen, ich glaube nicht, dass das Sichtbare im Unsichtbaren endet, nein, es beginnt erst dort, es ist Lug und Trug, dass das Leben in ein Ziel mündet, es geht um die zyklischen Wendungen, Einknickungen und Streckungen, Sichergänzungen, Sichablösungen von Fruchtbarkeit und Dürre, doch ich will mich nicht mit Gedanken beladen, ich male einfach drauflos, ich bin Oleivo der Maler, deshalb mische ich meine Farbtuben, male die Welten der Welt, aufgelockert, mit den Farben zwanglos raumgreifend, anspruchslos, heiter, unbekümmert, unbeschwert, luftig leicht geworden, ich, Oleivo der Maler, finde mich, verliere mich, schwerelos geworden, schwebend, lustverzückt in den Farben.

ENDE